JN043456

黙示

今野敏

双葉文庫

1

猪野勝也《いのかつや》係長が言った。

「ハギさん。渋谷署に行ってくれないか」

萩尾秀一《はぎおしゅういち》警部補は聞き返した。

「さっき、無線で流れた事案ですか？」

「そう。窃盗事件だ。取りあえず、署で話を聞いてくれ」

「わかりました」

萩尾は、警視庁刑事部捜査第三課に所属している。

警視庁刑事部というと、捜査一課が花形だが、実は一番忙しいのは盗犯を担当する三課なのだ。

三課には三人の管理官がいて、七つの係がある。

萩尾は、窃盗を捜査する第五係だ。

他の課とは違い、地域を担当する係がある。第四係が、第一、第五、第六、第七方面を、第五係が、第二、第三、第四方面を、第六係が、第八、第九方面を担当している。

萩尾がいる第五係が担当している、第二、第三、第四方面は、品川区、大田区、世田谷区、目黒区、渋谷区、新宿区、中野区、杉並区をカバーしている。

担当する犯罪の種類で刑事の雰囲気も変わってくる。

殺人や傷害など強行犯を担当する捜査一課は、やはり猛者《もさ》ぞろいだ。彼らは、胸にS1Sと書かれた赤いバッジをつけている。それだけエリート意識が強いのだ。

二課は、経済犯や知能犯を担当する。金銭関係を扱うので、自然と捜査員たちも銀行員のような雰囲気になってくる。また、贈収賄などで政治家を摘発することもあるので、伝統的に二課長はキャリアだ。

そういう意味で、一課とはまた違ったエリート臭がある。

三課が扱う窃盗犯は、常習犯が多いのが特徴の一つだ。盗人のプロを相手にするのだ。窃盗の常習犯は、それぞれにこだわりがあり、一種の職人とも言える。日常的に彼らを相手にしている三課の捜査員たちも、だんだんと職人のようになってくる。

実際、猪野係長は町工場の職人と言われても納得するような雰囲気を持っていると、萩尾はいつも思っている。

いや、人のことは言えない。自覚はしていないが、他人が見れば自分もそうなのかもしれないと、萩尾は思う。

「とにかく行ってみよう」

萩尾はペアを組んでいる武田秋穂《たけだあきほ》に声をかける。

「はい」

秋穂は元気よく返事をしてすぐに立ち上がる。

彼女と組んだ当初は、萩尾はひどく戸惑った。これまで女性と組んだことなどなかった。刑事になって以来、盗犯担当一筋だった。

彼は先輩刑事に盗犯係の捜査について、厳しく仕込まれた。それはまさに職人と弟子の関係に似ていた。

当然自分が組む相手とも、そういう関係になるものと思っていた。後輩、あるいは部下には一人前の盗犯担当になってほしい。だから、厳しく育てなければならない。

だが、相手が女性となると、とたんにどうしていいかわからなくなったのだ。それで苛立《いらだ》ったこともある。

だが、時間が経つにつれて、戸惑いは消えていった。そして、気づいたのだ。

女であることは何の関係もない。おそらく、組んだ相手が男性であっても、似たような戸惑いを抱いたに違いない。世代の差のせいであったかもしれないし、性格の違いであったかもしれない。

要するに、萩尾の側に弟子を持つ準備ができていなかったのだ。弟子を持つことで、師も成長する。……というか、弟子を持たない限り師にはなれない。萩尾はそれを悟ったのだ。

警察官に異動はつきものだから、いずれ秋穂も萩尾から離れていくだろう。それまで、盗犯担当としてできるだけのことを教えたい。今はただ、そう思うだけだ。

テレビドラマなどを見ていると、刑事たちは捜査車両に乗って、颯爽《さっそう》と現場に駆けつける。実際は、捜査員に対する車両の数はごく限られていて、多くの刑事は電車やバスを利用するしかないのだ。

「無線の件って、松濤《しょうとう》の戸建て住宅での窃盗ですよね？」

駅までの道を歩きながら、秋穂が言う。

「外で事件の話をするんじゃない」

「え、でも周りに誰もいないし……」

「油断禁物なんだよ。どこで誰が聞いているかわからない」

秋穂は歩きながら周囲を見回す。

「どこで誰が聞いてるって言うんです？」

「習慣の問題なんだ。外では事件の話をしない。そうきっちり決めておかないと、いつかうっかり人がいるところでしゃべってしまう」

「わかりました」

それから秋穂は口をつぐんだ。地下鉄に乗っても一言も口をきかない。

「なんだ。しゃべるなと言ったわけじゃないぞ」

「あ、わかってますよ。別にしゃべることがないから黙っていただけです」

「注意したのでふてくされたのかと思った」

「そんなんじゃないですよ。子供じゃないんだから……」

俺から見ると、充分に子供なんだがな……。

萩尾はそんなことを思ったが、そういうことは言わないに限る。

地下鉄の窓に眼をやると、くたびれた中年男が映っていた。それが自分だということに気づいて、萩尾は密《ひそ》かに溜め息をついた。


渋谷署の刑事組対課の階に着くと、萩尾はまっすぐに盗犯係の林崎省吾《はやしざきしょうご》係長の席に向かった。

「よう、ハギさんじゃねえか」

林崎係長が声をかけてきた。係員は出払っているようだ。問題の現場に出かけているのかもしれない。

林崎係長は、萩尾と同じ年で、階級も同じだ。江戸っ子のようなべらんめえ調だが、実は仙台出身だ。

東京に出て来たとき、仙台訛《なま》りをごまかすために、わざとべらんめえ調でしゃべっているうちに、それがすっかり身についてしまったのだという。

「俺たちにお呼びがかかったってことは、何か特殊な事情があるのか？」

「被害者によると、えらい値打ち物が盗まれたって言うんだ」

「被害者宅は松濤だったな」

「そうだ。都内でナンバーワンの高級住宅街だ」

「金持ちなんだな」

「そういうことだ」

「何者だ？」

「もともとは商社の経営者の家柄で、先代が一九六〇年代におおいに稼いで資産を貯め込んだんだそうだ。当代は、商社の人脈とノウハウを活かして、ネット販売を始め、さらにホームページ制作やシステム管理の会社も手がけてさらに資産を増やしたんだ」

「IT長者ってわけか」

「もともと資産家の家柄だから、成金というわけじゃねえがな」

「名前は？」

「館脇友久《たてわきともひさ》。年齢は六十歳だ」

「もしかして、盗まれたのは、骨董品《こっとう》ですか？」

秋穂が言うと、林崎係長はうれしそうな顔になって言った。

「おう、お嬢。なかなか鋭いじゃねえか。修業を積んだな」

「ハギさんの指導のおかげです」

いつしか、秋穂も周囲のみんなと同様に萩尾のことを「ハギさん」と呼ぶようになっていた。

林崎係長が言う。

「当たりだよ、お嬢。盗まれたのは骨董品だ。よくわかったな」

「松濤に住む大金持ちで、年齢が六十歳となれば、骨董品に手を出しても不思議はないと思って……」

萩尾は林崎係長に尋ねた。

「それで、盗まれたのはどんな骨董品なんだ？」

「それは、ハギさんが直接被害者から聞いてくれねえか。現場に須坂《すざか》がいる。須坂は知っているよな」

「ああ。知っている」

須坂もたしか萩尾と同じくらいの年齢だが、階級は巡査部長だった。

「俺が言って先入観を与えるより、直接聞いてもらったほうがいいと思ってよ」

「わかった。行ってみよう」

「これが住所だ。地図は……」

「だいじょうぶだ。武田がスマホの地図アプリを使うから」

世の中便利になったものだ。萩尾が若い頃には、住所を聞き取りそこにたどり着く訓練をされたものだ。

新任の警察官はたいてい地域課に配属されるが、そのときに徹底的に叩き込まれるのは土地鑑だ。地図上の施設を実際に頭の中に描けなければならない。

だが、GPSと連動した地図アプリのおかげで、今ではそんな訓練など必要なく、住所さえ打ち込めば誰でも目的地にたどり着くことができる。

スマホを見ながら進む秋穂のあとについていくと、やがて立派な邸宅が建ち並ぶ渋谷区松濤にやってきた。

現場はその中でもひときわ目を引く屋敷だった。庭に大きな立木が並び、門から玄関まではずいぶんと距離がある。

都内の超一等地にこれだけの土地を所有できるのだから、館脇友久がいかに金持ちかがよくわかる。

日本は相続税が高くて、三代目には土地家屋といった資産がなくなってしまうと言われている。それを考えると、これだけの土地と屋敷を維持しているだけでもたいしたものだと、萩尾は思った。

門の前に、パトカーと捜査車両が駐《と》まっている。鑑識車両らしいマイクロバスもある。通常、空き巣などの窃盗事件では、所轄の刑事がやってきてそれで終わりだ。

鑑識などの手が足りないと、刑事自らが証拠を保存する。盗犯担当の刑事は、指紋の採取や石膏《せっこう》による靴跡の保存もお手の物だ。

「パトカーがあるということは、地域課も来ているということだな……」

萩尾が言うと、秋穂がうなずいた。

「地域課に刑事、そして鑑識……。ＶＩＰ待遇ですね」

「それだけ被害額が大きいということなのかもしれない」

玄関に近づくと、鑑識係員たちがさかんに作業をしていた。指紋や靴跡、遺留品などをつぶさに調べているのだ。地面に番号が書かれた札を置いて撮影をしている。

萩尾は顔見知りの鑑識係員に声をかけた。

「ごくろうさん。須坂は中かい？」

「ああ、ハギさんか……。なんだい。本部が出張るほどの事案なの？」

「何だか知らないけど、様子を見てこいって言われてさ」

「須坂さんなら中で、被害者から事情を聞いてるよ」

萩尾はうなずいて、玄関に向かった。秋穂が鑑識係員にぺこりと頭を下げてついてくる。

家の中は外観よりも古く感じられた。おそらく、外壁は塗り直しているのだろう。今どきの若者なら、「昭和の匂いがする」とか言いそうだ。

萩尾は靴を脱いで上がった。強行犯担当の刑事ならば、犯行現場で靴を脱いだりはしないだろう。ビニールのカバーをかぶせて、靴のまま家に上がるに違いない。

だが、盗犯担当はこうして日常と同じ所作をすることが多い。非日常の度合いによるのだろうと、萩尾は思っている。

盗難にあうというのは、非日常的な出来事だ。だが、強盗や殺人に比べればずっと非日常の度合いは低い。

殺人があった現場からはほとんど日常はぬぐい去られてしまう。しかし、盗難にあった自宅では、相変わらず日常が続くのだ。

室内は鑑識作業が終わったらしく、捜査員たちが歩き回っていた。リビングルームらしい部屋の隅に、須坂がいた。萩尾同様に、くたびれた中年男性だ。

「え、本部が顔出すような事件なの？」

須坂が驚いた顔で言う。

すると、彼の向かい側にいる男が言った。

「大事件だと言っているだろう」

年齢は六十歳くらい。おそらく彼が館脇友久だろう。萩尾は確認した。

「館脇友久さんですか?」

「そうだ」

男がこたえた。尊大に見えてもおかしくない態度だったが、なぜかそうは感じなかった。育ちがいいせいだろうかと、萩尾は思った。

館脇は背が低く、ずんぐりとした体型だ。髪も薄くなっている。全体に憎めない雰囲気を醸し出している。

萩尾は須坂に尋ねた。

「それで、どんな様子なんだ?」

「書斎に陳列棚があって、そこにあったものが盗まれたんだそうだ」

「骨董品と聞いたが……」

「ああ。そうらしい」

すると、館脇が言った。

「ただの骨董品じゃないぞ。国宝級と言ってもいい」

萩尾は驚いた。

「国宝級? いったい何が盗まれたと言うのですか?」

「それは……」

今まで堂々としていた館脇の声が、急に力を失った。彼は眼をそらして言った。「できれば、言わずに済ませたい……」

須坂は萩尾を見て言った。

「これなんですよ」

萩尾は眉をひそめて言った。

「え、どういうこと？」

「それじゃ捜査にならないと言ってるんだけど……」

萩尾は館脇を見て言った。

「警視庁捜査第三課の萩尾と言います。こちらは武田」

館脇は二人をちらりと見てから、小さくうなずいた。おそらく会釈をしたのだろうと、萩尾は思った。

「盗まれた品の行方が気になりますよね？」

「それはもちろんだ」

「私たちは、犯人を捕まえて、できればその品を取り返したいと考えています」

「ぜひそうしてくれ」

「そのためには、より詳しい情報が必要です。詳細がわかればわかるほど手がかりが増えます」

「そりゃそうだろう」

「ですから、盗まれた物が何なのか、詳しく知る必要があるんです」

館脇は、また眼をそらした。

「言っていることはわかる。だが、言いたくないんだ」

萩尾は秋穂と顔を見合わせた。それから、館脇に言った。

「何か事情があるのなら話してください」

館脇はしばらく黙っていた。

萩尾は今度は須坂の顔を見た。須坂はお手上げだとばかりに小さく肩をすくめた。

やがて、館脇が言った。

「恐ろしいんだよ」

意外な言葉に、萩尾は聞き返した。「何が恐ろしいのですか?」

「警察はマスコミに発表するだろう。すると、私がそれを持っていることが世の中に知られてしまう」

「ええと……」

萩尾は考えながら尋ねた。「骨董品なんですよね? それを所持していることを、世間に知られたくないということですか?」

「ただの骨董品ではない。世界中にはそれを何とか手に入れようとしている人たちがごまんといるんだ」

「ますます知りたいですね。それは何なのです？」

「それを言うと、私の身に危険が迫る恐れがある。命が危ないんだ」

「穏やかじゃないですね……。しかし、危険が迫るとか命が危ないと聞くと、警察としてはなおさら放ってはおけないんですよ」

「警察ではとても守り切れない」

「いや、警察をなめてもらっちゃこまりますね」

するとと、館脇はむっとした調子で言った。

「なめているわけではない。事実を言っているんだ。警察が私を二十四時間ガードしてくれるわけじゃないだろう」

それは否定できないと、萩尾は思った。

防犯も警察の役割だ。それは間違いないのだが、警察官の数は限られている。その一方で、ストーカーなど危機を訴える人の数は膨大だ。その一人ひとりを警護するわけにはいかないのだ。

犯罪が起きるまで警察は何もやらないという批判の声がある。やらないのではなく、できないのだ。

さらに言うと警察は、法律に違反した者しか取り締まれない。自分の身に危険が迫っているという訴えがあったとしても、誰かが実際に法律に触れる行為をしない限り、警察は何もできないのだ。

その点、館脇が言っていることは正しいということになる。

萩尾は言った。

「命が危ないとなれば、事情は変わってきますよ」

「その言葉を額面通りに受け取ることはできないな」

「どんなものが盗まれたんです？　せめてそれだけでも教えてください」

「恐ろしいので言いたくないと言ってるだろう」

萩尾は辛抱強く言った。

「それでは捜査にならないんですよ」

館脇は、萩尾から須坂に眼を転じた。それから次に秋穂を見た。そして考え込んだ。

彼は迷っているのだろう。何かを恐れているのは事実のようだ。盗まれた品には、よほどの事情があるのだろうか。

やがて館脇が言った。

「指輪だよ」

萩尾は言った。

「指輪？　どんな指輪です？」

「今は……」

館脇が言った。「今は、それだけで勘弁してくれ」

2

「勘弁してくれと言われて警察は、はい、そうですか、という訳にはいかないんですよ」

須坂が苛立った様子で言った。萩尾たちがやってくるまでに、同じようなやり取りが続いていたに違いない。

萩尾は取りあえず話題を変えることにした。

「では、盗まれた品があった場所を見せてください」

「わかった」

館脇が言った。「こっちだ」

萩尾たちは廊下を進み、書斎に案内された。そこは書斎というよりも、陳列室だった。ドアの両脇に書棚があるが、その他の壁面はガラスがはめ込まれた陳列棚となっていた。

陳列棚の幅は九十センチだろう。それが合計で六つある。左右の壁に二つずつ。正面の壁に二つだ。部屋には窓もない。もともとはあったのかもしれないが、陳列棚でふさがれてしまったのだろう。

それぞれの棚は五段だ。そこに並んでいるのは、骨董品というよりも、考古学の出土品と言うべきだった。

陶器のかけら、錆《さ》びて原形がよくわからなくなった金属の塊。コインや剣のようなものもある。

萩尾が尋ねた。

「これは、みんな値打ち物なんですか?」

「どれも貴重なものだ」

「それは、一般的に言って? それともあなたにとって貴重だという意味ですか?」

「両方だ」

館脇は赤茶けた何かのかけらを指差した。「ちなみに、これはシュメールの楔形《くさびがた》文字が刻まれた粘土板だ」

「シュメール……」

萩尾は訳もわからずにその言葉を繰り返した。

「そうだ。手に入れるのに三億円ほどかかっている」

「三億ですか」

「驚くことはない。ここにあるのは、人類の歴史を語る上で貴重なものばかりだ。盗まれた品は三億どころではないんだ」

萩尾は信じられない思いで、陳列棚を見回した。

「当然、セキュリティー対策はされているのでしょうね」

「万全だ。セキュリティー会社と特別に契約している」

「それなのに盗まれたのですね」

「だからわけがわからない。今朝見たら、消えていた」

「どこにあったのですか？」

「ここだ」

館脇は出入り口から見た正面右の棚の下から三段目の一点を指差した。たしかにそこには空間ができている。

「陳列棚が壊された形跡はありませんね」

「ああ。ガラスも割れていないし、扉の鍵も壊されていない」

「では、この陳列棚の扉を開けることができた人物が犯人と考えられますが……」

「あまり考えたくないな」

「ここを開けられたのはどなたですか？」

「そういうことは、すでにそこにいる刑事さんに話している」

萩尾は須坂を見た。須坂がうなずいたので萩尾は言った。

「わかりました」

そのとき、渋谷署の若い捜査員がやってきて告げた。

「あのお、お客さんですが……」

館脇が時計を見て言った。

「ああ、もうそんな時間か」

萩尾は尋ねた。

「お約束ですか？」

「そうだ」

館脇は若い捜査員に言った。「通してくれ」

今は事情を聞いている最中なので、後にしてほしかった。館脇はそんな萩尾の思惑など知ったことではないという態度だった。

やがて二人の男が書斎にやってきた。

一人は三十代半ばだろうか。背広にネクタイという恰好だ。その男を見て、自分たちと似たような雰囲気があると、萩尾は思った。

警察官には独特の眼差《まなざ》しがある。その男がそれを持っていると感じたのだ。

もう一人は若い男性だ。三十代の男とは対照的で、顔色が青白く弱々しい印象がある。

三十代の男が館脇に向かって言った。

「お取り込み中のようですね。出直しましょうか」

「いや、こっちの用はもうじき終わる」

勝手に終わらせないでくれと、萩尾は心の中で言いつつ、来客の素性が気になっていたので、尋ねた。

「失礼ですが、あなたは……？」

三十代の男が萩尾を無言で見た。挑戦的ではないが、決して協力的でもない眼差しだ。

その男の代わりに館脇がこたえた。

「こちらは、石神達彦《いしがみたつひこ》という私立探偵だ」

紹介された男は、会釈もせずに萩尾に言った。

「石神です。こちらは助手の明智大五郎《あけちだいごろう》」

秋穂が聞き返した。

「明智……、大五郎……？」

石神は秋穂を見て言った。

「彼の名前を聞くと、たいていの人が同じような反応をします」

「そうでしょうね」

「彼の父親が江戸川乱歩《えどがわらんぽ》の大ファンで、明智小五郎《こごろう》よりも立派な大五郎という名前をつけたんです」

明智大五郎は秋穂を見て、ひょこっと頭を下げた。

萩尾は館脇に尋ねた。

「警察に通報するだけではなく、私立探偵に調査を依頼したということですか?」

館脇がこたえた。

「石神君とは以前からの知り合いだ。別に警察が頼りないというわけではない。だが、二重三重に手を打つのは悪いことではないだろう。マスコミと常に接している警察と違って、私立探偵からは秘密が洩《も》れにくいしな」

萩尾は石神に尋ねた。

「もしかして、盗まれた物が何か、ご存じですか?」

「知っています」

「では、それを教えていただけませんかね?」

石神はちらりと館脇を見てからこたえた。

「私にその質問をするということは、館脇さんは教えていないということですね。ならば、私の口から言うわけにはいきません。守秘義務もありますし……」

「元警察官ですか?」

「そうです」

にこりともせずにこたえた。

「やっぱりね。警察官はみんな似たような目つきになります」

館脇が言った。

「そういうわけで、私は石神君との話がありますので……」

萩尾は須坂を見た。須坂は何も言わず肩をすくめた。

萩尾は石神に言った。

「また改めてお話をうかがうことになると思います。では……」

萩尾たち三人の捜査員は書斎を出た。そこで萩尾は立ち止まり、秋穂に言った。

「石神の連絡先を聞いておいてくれ」

「わかりました」

秋穂がリビングルームに戻っていった。

須坂が萩尾に尋ねた。

「これからどうする?」

「ざっと現場周辺を見てから、渋谷署に戻ろう。林崎係長と話がしたい」

「わかった」

外に出て屋敷の周囲を見て回った。高い塀があり、さらに立木に囲まれている。侵入する側からすれば、実にありがたい環境だ。

建物に侵入するには、鍵を開けたり窓を割ったりといった作業が必要だ。その作業の間、人に見られたくない。高い塀や立木があれば隠れて作業ができるのだ。

だが、と萩尾は思った。

これだけの屋敷なのだから、当然用心はしているだろう。警備保障会社と契約しているのではないだろうか。

萩尾はそれを須坂に確認した。須坂はこたえた。

「ああ、大手の警備保障会社と契約しているよ。書斎の陳列棚の契約をしているのと同じ会社だ」

「ひょっとして、トーケイか？」

「当たりだ」

トーケイ株式会社は、大手の警備保障会社で、かつて渋谷のデパート催事場での事件で関わったことがあった。

同じ渋谷なのでもしやと思ったのだ。

屋敷の周りを一回りして玄関に戻ると、萩尾は須坂に言った。

「侵入した形跡はないな」

「だから、屋敷に出入りできて、あの陳列棚を開けることができる者の犯行だろう。だとしたら、犯人はすぐに絞られる」

「そういうことだな」

盗まれた物が何かはっきりしないのは問題だが、事件そのものはそれほど複雑ではない。萩尾はそう思った。

そこに秋穂が戻ってきた。萩尾は言った。

「なんだ、今までかかっていたのか」

「連絡先だけ訊こうと思ったんですが、話を聞いているうちに興味がわいて……」

「どんな話を聞いたんだ？」

「どうして探偵になったのか、とか……」

「どうしてなんだ？」

「警察官を辞めたんですが、捜査に対する興味が尽きなくて、探偵学校に通って私立探偵になることにしたんだそうです。ミステリマニアらしいですよ」

「どうして警察を辞めたんだ？」

「さあ……。それを知りたかったら、ハギさん、自分で訊いてください」

「それ、けっこう重要なポイントじゃないか？」

「事件には関係ないでしょう」

「そうかな……」

「かつて、ピラミッドやスフィンクスの謎に関わる事件や、沖縄の海底遺跡に関わる事件なんかを手がけて、それで館脇さんが興味を持ったらしいです」

「ほう。館脇さんは遺跡とかのマニアというわけだな」

「そうらしいですね。そして、助手の明智さんは、パソコンマニアで、石神さんはその点を頼りにしているということです」

連絡先を訊きにいっただけなのに、よくこれだけのことが聞き出せたものだ。萩尾は感心していた。

これが秋穂の強みであり持ち味なのかもしれない。相手に警戒心を抱かせず、するりと接近していく。俺にはできない芸当だと、萩尾は密かに思っている。

「じゃあ、いったん渋谷署に戻るか」

萩尾と秋穂は現場を離れることにした。須坂もいっしょに行くと言い、三人は徒歩で署に向かった。


「ハギさんも聞き出せなかったのか」

報告を聞いた林崎係長が言った。盗まれた物のことだ。

係長席の周りに、萩尾、須坂そして秋穂が立っている。

萩尾がこたえた。

「相手は被害者だからな。無理やり吐かせるというわけにもいかない」

「吐かせてやればいいんですよ」

須坂がいまいましげに言った。「通報しておいてちゃんと事情を説明しないなんてふざけてます」

「須坂が怒るのももっともだ」

萩尾は林崎係長に言った。「盗まれた物について詳しく供述しないなんて、妙な話だよな」

「そいつが曰《いわ》く付きならよくある話だよ」

「曰く付き……?」

「そう。ぞう品と知っていながら入手した、とかな……」

萩尾は考えた。

「指輪とか言っていたな……」

須坂が言った。

「あの書斎に陳列されていたものを見ると、どうやら歴史的な出土品か何かですね」

「そうだろうな。身に危険が迫るから、それを持っていたことを世間に知られたくないと言っていた」

「身に危険が迫るか……」

林崎係長が思案顔になる。「どういうことなんだろうな」

「値打ち物ですからね……」

秋穂が言った。「陳列されていた粘土板みたいなのに三億円出したと言ってましたよね。そして、盗まれた指輪はそれ以上だと……」

林崎係長がさらに深く考え込む。

「三億以上か……。値打ち物だから狙われるのを心配してるってのか？　やっぱりおかしい。所持しているなら心配するのもわかる。けど、盗まれちまったんだ。つまり、今は被害者の手もとにはないということだ。だったら、襲われる心配もないだろう」

「そうなんだがね……」

萩尾は首を傾《かし》げる。「館脇さんは、本当に何かを恐れている様子だったんだ」

「さらに事情を聞く必要があるな」

「そうだな」

「それで……」

林崎係長が須坂に尋ねる。「問題の陳列棚を開けられるのは誰なんだ？」

「まず、館脇友久本人。これは当たり前ですね。そして、秘書。会社の秘書なんですが、館脇が自宅で仕事をすることが多いので、自宅にも出入りできるし、自宅全体のセキュリティーと、陳列棚のセキュリティー両方を解除できるそうです」

「秘書の氏名、年齢は？」

「雨森夕子《あめもりゆうこ》、四十七歳」

「他には？」

「家政婦の横山春江《よこやまはるえ》、五十五歳。彼女は、先代の頃からあの家で働いていて、もう三十年になるそうです」

「三十年となれば、信頼は篤《あつ》いだろうな。館脇の家族は……？」

「両親が亡くなってからは一人暮らしだということです」

「一人暮らし……？」

「ええ。結婚したことがないのだそうです」

「なるほど……」

萩尾が言った。「それで道楽に好きなだけ金をかけられるってわけだ。子供の教育費がかかるわけじゃないし、女房に文句を言われるわけでもない」

「おい、ハギさん。なんだかうらやましがっているように聞こえるんだがな」

「そりゃ誰だって、独身に戻りたいって思うことがあるだろう」

「男はみんな、そうかもしれないな」

「あら」

秋穂が言った。「女だってそうじゃないかしら」

萩尾は秋穂に言った。

「結婚もしてないのに、そんなことわかるのか？」

「一般論ですよ」

「でもなあ……」

須坂が言う。「たしかに独身に戻りたいって気分になることはあるが、ずっと独身ってのとは違うんじゃないのか。家族がいないのは淋しいと思うがな……」

「俺も長いことそう思っていた」

萩尾は言った。「だけど、最近そうでもないんじゃないかと思いはじめた。その人の生き方次第だよ。家族を持つことより、自分自身の趣味や道楽を優先する人がいても不思議はない。特に館脇のように金があれば、身の周りの世話をする人を雇うこともできるわけだし……」

「そうかもしれないな」

林崎係長が言う。「彼は秘書や家政婦がいて、おそらく不自由のない生活をしているんじゃないか」

捜査員たちが戻って来た。その中の一人が言った。

「自宅にある防犯カメラのディスクを借りてきました。これから精査します」

防犯カメラの映像解析はたいへんな作業だ。変化のない画面をずっと見つづけていなければならない。いつどんな変化があるかわからないし、それは一瞬かもしれない。それを見逃すわけにはいかないのだ。

担当する捜査員は、ディスプレイを休まず見つめつづけるために、眼の疲労で涙をぽろぽろ流しはじめると言われている。

もっとも警視庁本部の捜査支援分析センターのような専門の部署には、変化があった箇所だけ拾い出す便利なソフトがあるということだが、萩尾はそんなありがたいものの恩恵にあずかったことはない。

林崎係長が言う。

「自宅だけじゃなくて、周辺の防犯カメラの映像も必要だな」

捜査員が即座にこたえる。

「手配しています」

「目撃情報は？」

「ありません。被害者によると、今日未明の一時頃にはまだモノはあったと言っています。午前八時になくなったのに気づいたということですから……」

「犯行は一時から八時の間か……。もっと絞りたいな」

「近隣の住民に、さらに聞き込みを続けます。何か気づいた人がいるかもしれません」

捜査が動きはじめたのを肌で感じながら、萩尾は林崎係長に言った。

「じゃあ、俺たちはもう一度現場に行ってみるよ」

「現場百遍ってわけか」

「現場に鑑識や捜査員もいなくなったし、石神探偵との話も終わっているだろう。落ち着いて話が聞けそうだ」

「よろしく頼むよ」

萩尾は秋穂とともに、再び徒歩で渋谷区松濤に向かった。

3

萩尾は、松濤の現場に向かって歩きながら、腹が減ったなと思っていた。もうじき一時になろうとしている。昼飯はまだだ。

おそらく秋穂も空腹を感じているだろう。だが、食事は後回しだと、萩尾は思った。必要だと思ったらすぐにやる。それが大切だ。

捜査はタイミングなのだ。

再び屋敷を訪ねると、館脇友久本人が玄関に出てきた。

「おや、刑事さん。まだ、何か……?」

「さきほどは鑑識などもいて落ち着きませんでしたので、あらためてお話をうかがおうと思いまして」

「いやあ、話すことはもうないんだけどね……」

「何か思い出すかもしれません。それほどお時間はいただきませんので……」

「これから会社に顔を出さなけりゃならないんだ」

「こうしている間にも時間が過ぎてしまいますよ」

館脇は諦めたようにさがって場所を空けた。

「わかりました。上がってください」

二人はリビングルームに通された。するとそこにまだ石神と明智がいた。館脇が萩尾たちと話すのを渋ったのは、彼らがいたからかと萩尾は思った。

「ちょうどよかった」

萩尾は言った。「石神さんにもお話をうかがいたいと思っていたんです」

石神が無言で萩尾を見返していた。

石神と明智はソファに座っていたが、萩尾と秋穂は戸口近くに立ったままだった。館脇は二人に座れとは言わない。

「それで……」

館脇が尋ねた。「何が訊きたいんだね？」

萩尾はこたえた。

「盗まれたものが何であるのか、正確なことが知りたいんです」

「指輪だと言ったはずだ」

「どのような指輪なんです？」

「金属製の指輪だ」

「どんな金属です？　値打ちものというからには、金とかプラチナですか？」

「そうじゃない。そういう値打ちじゃないんだ」

「歴史的な出土品などを集めておられるようなので、そういう価値なんでしょうか」

「まあ、そういうことだ」

「差し支えなければ、その指輪のことを詳しく教えていただきたいのですが……」

館脇は、助言を求めるように石神を見た。石神は肩をすくめてからこたえた。

「教えたくなければ、教えなくてもいいんですよ。令状でもない限り、強制的に聞き出す権限は、警察にはありません」

石神の言葉に、館脇は言った。

「教えたくはないな」

萩尾は言った。

「警察はあなたの敵ではありませんよ。どうか、信頼していただきたい」

館脇は目を丸くして言った。

「警察が敵じゃないだって？　どうかね。今はそうじゃなくても、いつ敵になるかわからない。それが警察や検察だ。ある日突然疑いをかけて逮捕しに来る。知り合いが何人もそんな目にあっているんでね……」

ＩＴ長者ともなれば、そういう知り合いも少なくないだろう。金がたくさんあれば、それだけ犯罪に関わる恐れが増える。

捜査二課が関わるような犯罪だ。脱税、特別背任、贈収賄、出資法違反、インサイダ

―取引……。金持ちが陥る犯罪行為あるいは不法行為は挙げればきりがない。

そして、そういうものは資産家の日常に隠れた落とし穴なのだ。会社の経営は公正に行われなければならないのは当然のことだが、その公正さが曖昧《あいまい》になる瞬間がある。

利益の追求のためには法律のグレーゾーンにも足を踏み入れることがあるが、それを警察や検察がクロと判断することがある。

犯罪というのは、一般人が思っているよりも身近にある。言い換えると、普通の人がいつ犯罪者になるかわからないのだ。

館脇はそういうことをよく心得ているようだ。それをわかった上で、萩尾は言った。

「犯罪者には容赦しませんが、そうでない場合、警察は味方です。そして、やむを得ず罪を犯してしまったような場合の情状は充分に酌量します」

するとし石神が言った。

「それはきれい事ですね」

萩尾は石神を見た。

「きれい事?」

「警察と検察は犯罪者を作ることを何とも思っていません。検挙した被疑者は、真犯人であろうがなかろうが、自白を取ろうとする。そして、自白さえ取れれば起訴に持ち込める。起訴されれば、有罪率は九割以上です。99・9パーセントという説もある」

「それはずいぶんひねくれた見方だと思いますよ。あなたも、かつて警察官だったとおっしゃいましたね。あなたが、そういう警察官だったということですか」

石神はかぶりを振った。

「そうは思わないですね。むしろ、そういう警察や検察のやり方に嫌気がさしたほうです」

「それは、周囲の人材に恵まれなかったんですね。残念なことです」

「私は今、とても満足しています。残念なことはありませんね」

「嫌気がさして辞められたのだとしたら、警察にとって残念だということです」

石神はふと意外そうな顔で萩尾を見た。

何だろう、今の表情は。俺は何か意外な顔をされるようなことを言っただろうか。萩尾はそんなことを思っていた。

「教えたくはないが……」

館脇が言った。「教えないとは言っていない」

先ほどの話の続きだ。

萩尾は館脇を見た。

「それは助かります」

「まあ、掛けたらどうだね」

館脇は、空いているソファを指さした。萩尾は言った。

「そうおっしゃるのを待っていたんです」

たっぷり二人分以上のスペースがあり、萩尾と秋穂は並んで腰を下ろした。

館脇が言った。

「盗まれたのは、『ソロモンの指輪』なのです」

萩尾はまったくぴんとこなかった。

「動物学者がそのようなタイトルの本を書いていましたね」

「ああ……。コンラート・ローレンツですね。そう。ソロモン王が指輪の力によって、あらゆる動物と会話ができた、という物語があり、それがタイトルの由来だと言われている」

「あらゆる動物と会話ができた……」

館脇は怪訝《けげん》そうな表情になって言った。

「まさか、ソロモン王を知らないんじゃ……」

萩尾は頭をかいた。

「よく知りません」

秋穂に尋ねてみた。「おまえさん、知ってるか?」

秋穂は言った。

「たしか古代イスラエルの王様ですね。ダビデ王の息子でしたっけ……」

館脇は秋穂を見て言った。

「伝説についてはご存じかな?」

秋穂はこたえた。

「残念ながら、よく知りません」

館脇はがっかりした顔になった。萩尾と秋穂のこたえは彼を失望させたに違いない。

だが、それは仕方のないことだと、萩尾は思った。日々の仕事に、古代の伝説は必要ない。

「ソロモン王は、お嬢さんが言ったとおり、イスラエル王国の三代目の王様だ。つまり実在の王だ。旧約聖書にもその記述がある」

萩尾は尋ねた。

「伝説というのは……?」

「大天使ミカエルが、神から与えられた指輪をソロモン王に手渡した。この指輪によって、ソロモンは多くの悪魔を使役したと言われている」

「使役した……。つまり、こき使ったということですね」

「そうだ。指輪の力は絶大で、さきほど話題に出たように、そのおかげで動物と会話することもできた」

「そういう話が旧約聖書に出ているわけですか?」

「そうじゃない。後年、いろいろな本が書かれ、ソロモン王の物語が生まれる。例えば、歴史学者のヨセフスだ。彼は、ソロモンが生涯に三千冊もの本を書き、その多くが魔術書だったと述べている」

「魔術書……」

「今だと奇妙な感じがするかもしれないが、当時の魔術書は、現代の科学技術書や医学書のようなものだ」

「イスラエルの王様が魔術書を……」

「一世紀から五世紀の間に書かれたとされている『ソロモン王の遺言』という魔術書によると、ソロモン王は指輪の力を使って、地獄の王ベルゼブブやアスモデウスといった多くの悪魔を使って、驚くべき速さで神殿を造り上げた」

「悪魔を使ったというのは、鬼を使った役小角《えんのおづぬ》に似ているな……」

萩尾がつぶやくと、館脇はしげしげと萩尾を見つめた。

「ほう……。その着眼点はなかったな。ソロモン王と役小角か……。役小角はもともと出雲《いずも》系だ。イスラエルと出雲はなかなか面白いつながりがあるかもしれない」

そのつぶやきの意味は、萩尾にはちんぷんかんぷんだった。

秋穂が言った。

「へえ……。つまり、盗まれたのは、ソロモン王が神から与えられた指輪だということですか?」

萩尾はその言葉のおかげで現実に引き戻された。

そうだ。盗難被害にあったのは何だったのかという話だった。

「そのとおり」

館脇は真顔で秋穂を見てこたえた。「その指輪だ」

「でも……」

秋穂は戸惑ったように言った。「指輪の話は伝説なんでしょう?」

館脇はうなずいた。

「伝説だ」

「だったら、指輪は存在しないんじゃないですか? 存在しないものが盗まれたということですか?」

「ソロモン王が悪魔を使役したとか、動物と話をしたというのは伝説だろう。だが、ソロモン王そのものは実在した」

秋穂が確認するように尋ねる。

「イスラエルの三代目の王だったんですね?」

「そう。当時のイスラエルは、周辺部族のペリシテ人と抗争を繰り返していたし、内部の部族間同士でも対立が続いていた。ダビデ王は軍人だったので、それを武力で治めようとした。その息子であるソロモンは、武力ではなく、外交や経済強化で乗り切ろうとする。その結果、ソロモン王の時代には、イスラエルは大きく経済発展をした。エジプトのファラオの娘をはじめとして周辺諸国の女性と政略結婚を繰り返し、財力と軍事力を蓄えたのだ」

「やり手なんですね」

「そう。旧約聖書の『列王記』には、ソロモン王時代の金銀財宝についての記述が残っている」

萩尾は言った。

「だったら、その金銀財宝が伝説になりそうなものですがね……」

「知恵ですよ」

石神がそう言ったので、萩尾は思わず彼の顔を見て聞き返していた。

「知恵……?」

「そう。旧約聖書では、ソロモンが神に与えられたのは、知恵だったということになっています。それが後年、魔術書の類によって指輪に置き換えられました。つまり、指輪は知恵の象徴だったわけです」

「なるほど……」

萩尾は言った。「さすがに詳しいですね。以前、ピラミッドや海底遺跡に関する事件に関与されたということですね」

石神が言った。

「ええ、そういう事件を手がけたことがあります。しかし、別にそっち方面が専門というわけではありません」

「知恵の象徴ね……」

館脇は渋い顔で言った。「石神君は、たしかに知識はおありだが、解釈がつまらない。まるで、主流派の考古学者のようなことを言う」

萩尾が驚いて言った。

「主流派の考古学者の言うことはつまらないのですか？」

「つまらないですね。彼らは、文献と出土品に縛られている。彼らの立場はわかるよ。あまり突拍子もないことを発表して学会から白い眼で見られるのが嫌なんだ。そして、学会で確固とした立場がないと、研究費を捻出《ねんしゅつ》できない。その結果、想像力の翼を失い、最もつまらない推論だけを積み重ねることになる。問題なのは、そういう連中が歴史学や考古学の世界の権威となっていることだ」

石神が言った。

「私は現実的なだけです」

館脇が肩をすくめた。

「まあ、捜査する人たちには現実的でいてもらわないとな……」

「しかし、わかりませんね」

萩尾は言った。「指輪はあくまでも伝説であり、それは知恵の象徴だったということですね。では、盗まれたのはいったい何だったんです？　この世に存在するはずのないものが盗まれたということになりますね」

館脇が萩尾を見て言った。

「ソロモン王の指輪は実在したんだよ。そして私はそれを所有していた。それが盗まれたんだ」

萩尾は秋穂と顔を見合わせた。

秋穂が館脇を見て言った。

「価値が三億円以上とおっしゃってましたね」

「ああ。手に入れるのに、四億円くらいの金は使っている」

「だからといって、その指輪の価値が四億円とは限りませんよね」

石神が言った。

「海外では、そういう物のオークションがたびたび開かれます。古代史や遺跡のマニアがいて、歴史的な出土品などに値をつけるのですが、そこでは我々の日常では考えられないほどの金が飛び交います。だから、トレジャーハンターという職業も立派に成り立つわけです」

萩尾は尋ねた。

「ソロモンの指輪も、そういうオークションで手に入れたのですか?」

「いや、そうじゃない」

館脇が言った。「入手経路については明かせないが、別のルートで入手したんだ。もし、オークションなどで私が落札したということが知られたら、私の命はないだろうね」

「あなたが、その指輪を所有していたということは、世間には秘密だったということですね?」

「秘密にしていた。だが……」

「だが?」

「完全に秘密にしていたのでは、入手した意味がない。ごく限られた人たちには、所有していることを伝えていた」

萩尾は言った。

「所有していることを知っている人を教えてください」

これは捜査担当者として当然の要求だった。館脇は渋い表情だった。

「教えなきゃならないのだろうな……」

「そうしていただければ、助かります」

「まあ、石神君には教えたのだから、そちらに教えないわけにはいかないだろうな」

「そうですね」

「まず、私の秘書だ」

「雨森さんですね？」

「そうだ。そして、もう一人いる」

「もう一人……」

「音川理一《おとかわりいち》という人物だ。彼は、世田谷の美術館で……」

「音川……」

萩尾は思わず声を上げて、館脇の言葉を遮ってしまった。

館脇が怪訝そうに尋ねた。

「知っているのかね？」

「美術館のキュレーターですね。ええ、よく知っています」

渋谷で、曜変天目《ようへんてんもく》の茶碗が盗まれそうになるという出来事があった。その件に絡んだのが音川理一だ。

実は彼はさまざまな美術品の贋作《がんさく》師なのだが、なかなか尻尾を出さない。

萩尾は尋ねた。

「どういう経緯で、音川が知ることになったんです？」

「美術館は時折、考古学的な展示をやることがある。そんなときに、私のコレクションを貸し出すことがあり、それで知り合った。話し合ってみると、彼も世界の伝説が好きでね。それにまつわる出土品の話などをよくしている」

「同じ趣味の仲間ということですか」

「彼はオークションの情報などに通じているし、こちらもいろいろな情報を彼に伝える。持ちつ持たれつの関係だよ」

「その他には？」

「今のところ、私が指輪のことを教えたのは、その二人だけだ」

秋穂がしっかりメモを取っているのを横目で見てから、萩尾はさらに尋ねた。

「指輪は、金やプラチナの類ではなかったとおっしゃいましたね」

「ああ、そういう貴金属ではない」

「では、何でできていたのでしょう」

「鉄と真鍮《しんちゅう》だ」

「鉄と真鍮……」

萩尾はそうつぶやき、また秋穂と顔を見合わせていた。

4

「鉄と真鍮では、とても高値はつけられない……。そう考えているんだろう」

館脇が言った。萩尾は曖昧にうなずいて言った。

「ええ、まあ、そういうことですね……」

「それは現代の我々が考えることだ。古代の世界ではまったく別なのだ」

「古代の世界では……？」

「そう。古来鉄には、魔力を封じる力があると言われている。魔力は鉄に通じず、鉄は魔力を突き通すことができるのだ」

「鉄なんてありふれていて、そんな感じはしませんがね……」

「人類の歴史を、石器時代、青銅器時代、鉄器時代に分けたのは、デンマークのクリスチャン・トムセンだが、鉄器時代をもたらしたのは、ヒッタイト人だ。ヒッタイト人は紀元前十五世紀頃に、鉄器を用いて強大な帝国を築いた。古代史において、鉄というのはそれくらいに重要なものなのだ」

「真鍮は？」

すると、館脇はにやりと笑った。

「真鍮こそが古代史の鍵とも言える」

「どういうことです？」

「アトランティスを知っているかね？」

「名前だけは……。大西洋にあった大陸で、大昔に沈んだんですよね」

「そのアトランティスの金属と言われる、オリハルコンは……？」

「聞いたことがあるような気がします」

「そのオリハルコンは、真鍮だったという説が、今では有力になっている」

「えっ」

秋穂が声を上げた。「アニメやゲームに出てくる神秘の金属が、真鍮……？」

「そう。だから、歴史的にソロモン王の指輪が鉄と真鍮でできているとされていたのには意味があるんだ」

「それはわかりますが……」

萩尾は言った。「やはり、現代では鉄と真鍮には価値はないと考えるべきでしょう」

「だから言ってるんだ。素材に価値があるわけじゃない。古代史的、考古学的に価値があるということだ」

萩尾は尋ねた。

「その価値を証明する方法はありますか？」

「今のところないな。オークションに出たわけでもないし……」

「わかりました。では、盗難被害にあった品は、鉄と真鍮でできた古い指輪ということですね」

「手に入れるのに四億もの金をかけているんだぞ」

「いくらかけて入手したかは、評価額には関係ないんです」

「しかし……」

館脇の言葉を遮るように、石神が言った。

「ご心配なく。評価額が低かろうが、被害届を出したからには、警察はちゃんと捜査します」

石神は萩尾を見た。「そうですね?」

「もちろん、そうです」

萩尾はそうこたえながら、石神が痛いところをついてきたと思っていた。

たしかに、どんな価値のものであれ、警察にとって重要なのは盗んだという行為だ。だから、被害にあったという届けを受ければ、捜査をしないわけにはいかない。

だが、盗まれたものの価値というのは、検察や裁判官の心証に影響する。被害額が窃盗の量刑を左右するのだ。

簡単に言うと、十円を盗んだ者と一億円を盗んだ者は同等の罪ではないということだ。

それが捜査に影響することもある。

当然重要な犯罪を優先することになる。つまり、誰が考えても十円を盗んだ者よりも、一億円を盗んだ者を優先的に捜査するのが当然だ。

本人は四億円以上の価値と言い張っているが、鉄と真鍮でできた指輪の価値は知れている。

萩尾がどう思おうと、もしもっと重要な事件が起きたら、猪野係長や戸波《となみ》課長はそちらを先に捜査しろと言うに違いない。

刑事は公務員だから上司の言うことには逆らえない。石神はそうした事情をわかっていながら、釘を刺したということだ。

そのとき、秋穂が言った。

「音川さんなら、その指輪の価値がわかるかもしれませんね」

館脇の顔がぱっと明るくなった。

「そうだな。彼なら知識もあるし、公正に判断してくれるだろう」

萩尾は言った。

「彼に会ったときに、それも訊いてみましょう」

石神が時計を見て言った。

「もうこんな時間ですか。私たちはそろそろ失礼しますが……」

そう言われて萩尾も時計を見た。午後二時になるところだった。

館脇が言った。

「私はこれから会社に行かなければならない」

それに対して、萩尾は言った。

「ごいっしょしてよろしいですか？」

館脇がぽかんとした顔になって言った。

「なぜだ？　犯行現場はここだぞ。会社に何の用がある」

「できれば、秘書の方にお話をうかがいたいんです」

「ならば、わざわざ来ることはない。秘書に警察を訪ねさせる。それでいいな？」

「ええ。そうしていただければ、我々も助かります」

「渋谷署でいいのか？」

「はい」

「何時だ？」

「できるだけ早いほうが……」

「四時でどうだ」

「了解です」

「では、四時に行かせる」

そう言って館脇は立ち上がった。

午後二時十分頃、萩尾と秋穂はようやく昼飯にありつけた。文化村通りに面した沖縄料理の店に入り、萩尾はソーキそばを、秋穂は沖縄そばとジューシーのセットを注文した。

ジューシーというのは沖縄風の炊き込みご飯のことだ。秋穂は、見かけによらずよく食べる。

よく太りすぎだとこぼしているが、ならば食事の量を減らせばいいと、萩尾は思う。だが、それを口に出して言ったことはない。

基本的には、人間、食べたいものを食べたいだけ食べるべきだと思っている。太ったの痩せたのは二の次だろう。

「余計なことを言いましたか?」

食事をしながら、秋穂が萩尾に言った。

「何の話だ?」

「音川のことです。彼ならブツの価値がわかるんじゃないかって……」

「だから、外でそういう話をするんじゃないって言ってるだろう」

もし聞かれても、何のことかわからないように秋穂が気を配っているのはわかる。だが、原則は原則だ。

「すいません。どうしても気になったもので……」

「気にすることはない。いい着眼点だったと思う」

そう言ってから萩尾はそばをすすった。

刑事はあまりそばを食べない。そばはのびる。捜査が「のびる」のを忌避するための縁起担ぎだ。

だが、萩尾は気にしたことはない。和そばは好物だからよく食べるし、沖縄そばも気に入っている。

食事を済ませると、徒歩で渋谷署に戻り、林崎係長に報告した。

話を聞いた林崎係長は戸惑った表情で言った。

「ソロモンの指輪……」

萩尾はうなずいた。

「そう。伝説の指輪らしい。その伝説、聞きたいかい？」

林崎係長は顔をしかめた。

「伝説なんざあ、どうでもいい。それで、そいつは値打ちモンなのかい？」

「鉄と真鍮でできているそうだ」

「なんだいそりゃあ……。何億もするって話はガセかい」

「手に入れるのに四億ほどかかったと、館脇さんは言っている」

「いくらかけようと、品物の値段とは関係ねえよ」

「わかってる。どれくらい価値があるものか、音川理一に訊いてみようと、武田が言っている」

林崎係長は、秋穂を見てから萩尾に視線を戻し、言った。

「音川って、あの美術館のキュレーターか？」

「そうだ」

「なんでまたあいつの名前が出てくるんだ？」

「館脇さんの知り合いらしい。古代史だの考古学だのの趣味が同じだということだ」

「音川がそんな趣味を持っているというのか。館脇さんに近づくための方便なんじゃねえのかい？」

「そうかもしれない。まあ、会いに行って訊いてみるさ」

「しかしなあ……。伝説の指輪なんていかにも眉唾じゃねえか。どうする？」

「どうするったって、盗まれたという届けがあったんだから、捜査しないわけにはいかないだろう」

「本部に下駄を預けちまいてえが、そうもいくめえな」

「そいつは勘弁してくれ。四時に、館脇の秘書がここを訪ねて来るはずだし……」

「秘書が……？」

「彼女は、指輪が入っていた棚を開けられたし、ソロモンの指輪のことを知っていた二人のうちの一人なんだ」

「二人？」

「そう。音川と秘書の雨森の二人だ」

「とにかく、話を聞くしかなさそうだな」


約束どおり、館脇の秘書の雨森夕子が四時に渋谷署の受付にやってきた。林崎係長が用意してくれた小会議室で話を聞くことになった。

雨森夕子は、いかにも秘書というイメージそのものだった。グレーのパンツスーツを着ているが、それがよく似合っている。

雨森夕子は落ち着いていた。おそらく、ちょっとやそっとのことでは動揺しないように心がけているのだろう。

小会議室のテーブルに向かって彼女が座ると、その向かい側に、萩尾と林崎係長が並んで腰を下ろした。

秋穂は少し離れた席で、パソコンに向かっている。供述を記録するためだ。

「わざわざお越し下さり、ありがとうございます」

萩尾が言うと、雨森夕子ははっきりとした口調でこたえた。

「いえ。いくらでも協力させていただきます。警察って、来てみたかったんですよね。いいえ、自分が犯人とか容疑者で来るのは嫌ですよ。でも、刑事ドラマとかよく見るんで、警察って興味あるんです」

見かけによらず、饒舌《じょうぜつ》なタイプのようだ。

事情聴取の場合、無口なタイプよりもよくしゃべる人物のほうが助かる。

萩尾は型どおり、氏名、年齢、住所、職業を尋ねてから言った。

「さっそくですが、館脇さんのお宅から盗まれたものについてうかがいたいのですが……」

「ああ……。あの指輪ですね」

「館脇さんは、四億円もかけて手に入れたとおっしゃっていましたが、それは本当でしょうか」

「館脇個人の支出については、私は関知しておりませんので、本当にそれだけの資金を投入したかどうかはわかりませんが、相当にお金を使ったことは間違いないと思います」

「つまり、それだけの価値があるということでしょうか?」

雨森夕子は笑みを浮かべた。

「私たちにとって価値のないものでも、マニアは何とか手に入れようとします。そして、マニアが資産家の場合は、お金にものを言わせるのです」

「私たちにとって価値のないもの……？　つまり、盗まれた指輪が一般的に言って価値のないものだということですか？」

「そうは言っていません。私たちには価値がわからないと言い直したほうがいいかしら……。物の価値なんて流動的なものでしょう。例えば、古い焼き物なんて、本来はいらないものでしょう。新しい焼き物がどんどん作られるのですから。でも、芸術的な付加価値を見つけて、誰かが値をつけるわけですよね。すると、骨董的な価値が生まれ、大昔に日用雑貨として焼かれたものに、何千万円という値段がついたりするわけです。でも、私はどんなに高い焼き物を見ても、その価値はわかりません」

「なるほど……。では、館脇さんの指輪はなぜ盗まれたのでしょう」

「理由はいくつか考えられると思います。まず、第一に、盗んだ人がその指輪の価値を認めていた場合。価値は知らないけど、興味を持っていたようなケースも考えられますね。あるいは、何でもいいから盗もうと思って侵入し、たまたまその指輪を盗《と》っていったとか……」

「ちなみに、あなたは、あの指輪がどういうものかご存じでしたよね」

「ソロモンの指輪だという話ですね。館脇から聞いておりました」

「さきほどあなたは、私たちにとって価値のないものとおっしゃいましたが、少なくとも指輪の由来や、館脇さんが大金を投じたということもご存じだったわけですね？」

「館脇の身近におりますので……。でも、ただ知っているのと、価値をちゃんと理解できるのとは別のことだと思います」

「あなたご自身は、先ほどおっしゃった盗難の理由のうち、指輪の価値を認めていた場合に当てはまるというわけですね」

「あら……」

雨森夕子は、目を丸くした。「理屈ではそういうことになりますね」

萩尾はさらに質問した。

「あなたは、館脇さんの陳列棚の扉を開けることができたそうですね」

「はい。セキュリティーを解除する認証番号を知っていましたから……」

「その認証番号を知っているのは、あなた以外にどんな方がいらっしゃいますか？」

「館脇と、ハウスキーパーの横山春江さんですね」

「他には？」

「私が知る限りはその三人です。あ、あと……」

「あと……？」

「警備会社の人はセキュリティーを解除できるんじゃないかと思います」

館脇から聞いた話と同じだ。

「昨夜一時から今朝の八時までの間、あなたはどこにいらっしゃいましたか?」

「自宅におりました。ほとんど寝ている時間ですね」

「自宅ではどなたかとごいっしょでしたか?」

「いいえ。私は一人暮らしなので……」

「一人暮らし……」

「やっぱり変な眼で見るのですね」

「変な眼で見る……?」

「私のような年齢の女性が一人暮らしだと言うと、決まって男性は不審そうな顔になるんです」

「いいえ、そんなことは……」

萩尾は否定しようとして、実は彼女の言うとおりだと思った。「もし、そう感じられたのなら、謝ります」

彼女はまた笑みを浮かべた。

「別にかまいません。十年前に離婚して今は独りなんです。子供もいません」

「わかりました」

「つまり、アリバイを証明する者がいないとおっしゃりたいんですよね」

「これは関係者の皆さんに必ずする質問ですから気になさらないでください」

「気にするなというのは無理です。私は盗難品にアクセスできる数少ない人たちの一人ですし、盗まれたものがどんなものであるかを知っている人物の一人でもあります」

まさにそれは、萩尾が考えている事柄だった。警察官はまず人を疑うことから始める。因果な仕事だと思うが仕方がない。

だが、それを認めて警戒心を抱かれては元も子もない。被疑者を見つけることは重要だが、協力者を見つけることも同じくらい重要なのだ。

目の前の人物が、どちらなのかを見極めるのも刑事の仕事だが、今のところ、雨森夕子がどちらなのか、判断はつかない。

萩尾は頭をかいた。

「いやあ、おっしゃるとおりなのですが、今はまだ誰が疑わしいとか言えるような段階じゃないんですよ」

雨森夕子はずっと落ち着いたままだ。まったく身に覚えがないからだと考えることもできるが、警察の追及をかわす自信があるとも取れる。

萩尾は彼女を観察しながら、さらに質問した。

「その他に何か、気づいたことはありませんか?」

「気づいたこと……?」

「ええ。今回の盗難について、どんなことでもけっこうです」

しばらく考えていたが、やがて彼女はかぶりを振った。

「特に思い当たることはありません」

「そうですか」

萩尾は林崎係長を見た。彼は小さく首を横に振った。質問はないという仕草だ。次に秋穂を見ると、彼女も同様の仕草をした。

萩尾は雨森夕子に礼を言って引き取ってもらった。


「俺たちが彼女の証言の裏を取っておくよ」

林崎係長が言った。萩尾は尋ねた。

「怪しいと思うか？」

林崎係長が肩をすくめる。

「あんたが言ったとおりだ。まだ誰が怪しいとか言える段階じゃない」

「そうだな」

「さて、次はどうする？」

「家政婦の横山春江を当たってくれるか？　俺たちは音川に会いに行ってみる」

「了解だ」

萩尾と秋穂は、音川が勤める世田谷の美術館に向かうことにした。

5

音川理一は、相変わらず細身で前髪が長かった。黒いシャツに黒いスーツだ。黒ずくめだからよけいに細身に見える。

「久しぶりですね」

音川は薄笑いを浮かべて言った。萩尾と秋穂を交互に見た。

萩尾は言った。

「館脇友久さんは知ってますね?」

「ええ。有名な人ですからね」

「それほど有名ですか?」

「ITバブル崩壊を生き抜いた大金持ちですからね」

「金持ちは他にもいるでしょう」

「その莫大《ばくだい》な資産で、考古学とか歴史に関する品物を蒐集《しゆうしゆう》しています。そっちの方面でも有名人です」

「彼と親しいそうですね」

「ええまあ……。展示品をお借りしたことがありまして、ご縁ができました」

「彼の自宅で盗難がありまして……」

　音川の表情が曇る。

「盗難……?」

「ええ。彼の蒐集物の一つが盗まれたようです」

「何が盗まれたのですか?」

「本人は『ソロモンの指輪』だと言っています」

「『ソロモンの指輪』……」

　それきり、音川は絶句した。

　萩尾は尋ねた。

「あなた、館脇さんと古代史とか伝説とかの話をすることがあったそうですね?」

「ええ。たしかに……」

「もともと、そういうのに興味がおありだったのですか?」

「キュレーターという職業柄、自然とそういうことには詳しくなりますし、もともと興味がありましたから」

「ほう……。キュレーターをやっていると、古代史とかに詳しくなるんですか?」

「骨董品には当然、歴史的な知識が必要になってきます。また、絵画や掛け軸は伝説に題材を採るものが少なくないので、古今東西の伝説などに自然と詳しくなります」

「もともと興味があったということですね。例えば、どんなことに興味があったのですか？」

「アトランティスです」

「なるほど……」

「アトランティスはご存じですよね？」

「大西洋に沈んだ大陸ですよね」

「大陸という言い方が正しいかどうかはわかりません。有力な説では、島だったのだろうと言われています。また、半島の一部だったと主張する者たちもいます。南米大陸のことだと言う者もいる。とにかく、アトランティスはいろいろとロマンをかき立ててくれるのです」

「『ソロモンの指輪』と聞いて驚いた様子でしたね」

「驚きましたよ。館脇さんはそれをとても大事にされていましたから……」

「あなたは、館脇さんの『ソロモンの指輪』にどれくらいの価値があると思いますか？」

音川は肩をすくめた。

「わかりません」

「キュレーターのあなたがわからない？」

「強いて言えば、ゼロか無限大」

「それじゃ値段をつけたことにはならない」

「そう。つけられないのです。館脇さんの『ソロモンの指輪』はまだ社会に認知されているわけではないので、価値がわからないのです。価値というのは、どういうふうに決まるかわかりますか?」

「目利きが決めるものと思っていました」

「その目利きは、鑑定するときに何を考えているのだと思います?」

「何でしょう」

「需要と供給です。需要と供給のバランスが取れていれば、その品物の価値はきわめて限定的です。つまり、市場に普通に流通している品物です。しかし、需要と供給のバランスが崩れると、価値が普通ではなくなってきます。供給が多すぎると、当然値段は下がります。またその逆も言えるわけです」

「ええ、それはわかりますよ」

「骨董品の価値というのは、そのバランスが大きく崩れている場合が多いのです。例えば焼き物です。昔の焼き物はすでに供給はストップしています。なのに、多くの需要がある場合、値段が跳ね上がるわけです」

「なるほど、わかりました。『ソロモンの指輪』に関しては、需要がどれくらいあるかわからないということですね？」

「おっしゃるとおりです」

「館脇さんが、あれを入手するために、どのくらいの金を投じたか、ご存じですか？」

「四億円ほど使ったとおっしゃっていましたね」

「つまり、あなたはあの品物に四億円かかっている事実を知っていたわけですね？」

「知っていました」

当然、そのことで疑いが自分にかかることはわかっているはずだ。それでも音川は平然としている。

彼は贋作師だ。世を欺《あざむ》くことに慣れている。つまり、警察などなめてかかっているのかもしれない。

萩尾は質問を続けた。

「つまり、世の中の人は知らなくても、あなたは、あの指輪を手に入れるために四億円もの金をかける人がいることを知っていたということですね」

「おっしゃりたいことはわかりますよ。僕には盗みの動機があったということでしょう」

「価値を知っているということは、そういうことになるんじゃないですか？」

「どうでしょうね。僕はあの指輪に四億円も出そうと思いませんから、盗みたいという衝動も湧きませんね」

「ソロモン王伝説には興味がないのですか？」

「もちろんありますよ」

「では、あの指輪にも興味があるのではないですか？」

「興味はあります。だからといって、盗むとは限らないでしょう」

「歴史マニアや考古学マニアの中には、他人の蒐集物をどうしてもほしいと考える人がいると聞いたことがあります」

「僕は常識をわきまえているつもりです。いくら興味があるからといって、人様のものを盗むなんてことはしませんよ」

「気にしないでください。型どおりの質問なんですよ」

「だいじょうぶ。気になんてしていませんよ」

萩尾は、秋穂を見た。何か質問はないかと思ったのだ。たいてい、秋穂はただ首を横に振るだけだ。

だが、この時は違った。

「『ソロモンの指輪』が本物じゃないから、それほど興味が湧かないのではないですか？」

秋穂が質問すると、音川は穏やかな表情のままこたえた。

「本物じゃないと、どうして言い切れるんです？」

「だって、『ソロモンの指輪』は伝説じゃないですか。ある人は、それは物語の中にしかなく、知恵の象徴だと言っています」

「それはとても常識的な意見ですね。でも、そういう説があるだけでしょう。シュリーマンをご存じですね？」

「トロイアを発見した？」

「そう。彼は子供の頃に読んだホメロスの『オデュッセイア』を現実のものだと信じて、ついにトロイアを発見するわけです。そして、それを皮切りに、ミケーネ、オルコメノス、ティリンスを発見して、ミケーネ文明の実在を明らかにしました。でも、シュリーマンの発見以前は、トロイア戦争を描いたホメロスの叙事詩は、架空の物語だと考えられていたのです。ですから、『ソロモンの指輪』も実在しなかったとは言い切れません」

「では、あなたは実在を信じているということですか？」

音川は首を傾げた。

「まあ、どちらとも言えませんね」

「館脇さんの『ソロモンの指輪』については、どうお考えですか？」

「どんなものであれ、四億円もの金を投じるのはたいへんな度胸だと思いますよ」

「どうも、はぐらかされているような気がするんですが」

「はぐらかしている？　僕がですか？」

「そうです。キュレーターでしたら、もっとはっきりと値打ちを決められるものと思っていたのですが……」

「いやあ、なかなかそうはいきませんよ。今説明したとおり、社会的に評価が定まっていないものは、値段のつけようがありませんから……。ただ……」

「ただ、何です？」

「考古学的な価値というのは、金銭的な価値とはまた違ったものかもしれないと思います」

「館脇さんの『ソロモンの指輪』には、考古学的な価値があるということですか？」

「その可能性はおおいにあると、僕は思いますね」

「その考古学的な価値を知っている者が、指輪を盗んだとは考えられませんか？」

「その可能性はあります。ただし……」

「ただし？」

「他にもいろいろと可能性はあるのです。今、あなたがおっしゃったことは、それらのうちの一つに過ぎません」

「やっぱり、はぐらかされているような気がします」

「そんなことはありませんよ」

「館脇さんが、指輪を所持していることを公表したら命の危険があると言っていました。それについて、何か心当たりはありませんか？」

「命の危険があると……？」

「はい」

「そうですね。心当たりがないわけではありません」

秋穂が「えっ」と言った。質問しておいて、驚くなよと、萩尾は突っ込みたくなった。

音川が言葉を続けた。

「『山の老人』とか『山の長老』というのをご存じですか？」

秋穂はこたえた。

「いいえ。それは何のことですか？」

萩尾にもわからなかった。

「マルコ・ポーロが伝えた伝説の一つです。暗殺教団の指導者とされていますね」

「それも、伝説なんですよね？」

秋穂が尋ねると、音川はかぶりを振った。

「伝説化されていますが、もともとは実在の教団です。イスラム教シーア派の分派にイスマイール派があり、さらにその分派でニザール派というのがありました。十一世紀から十三世紀にかけてのことです。彼らは今のシリアのあたりを中心に勢力を持っていました。さらに、イラン高原のアラムート城砦《じようさい》を中心に独立政権を樹立しました」

「独立国家だったんですか？」

「そういうことになりますね。彼らは、セルジューク朝や十字軍の要人を暗殺しまくったので、その話がヨーロッパに伝わり、伝説となっていくのです」

「『山の老人』は……？」

「『秘密の園』伝説はご存じですか？」

「何ですか、それは……」

秋穂が「素《す》」になっている。音川の話にすっかり興味を引かれている様子だ。萩尾も話が聞きたかったので、このまま二人に会話を続けさせることにした。

音川が言う。

「山の中に、楽園のような秘密の庭園を造った老人が、若者をそこに連れて行き、薬物を与えて骨抜きにするのです。言いなりになった若者に、老人は暗殺や陰謀などの使命を与えて、それを実行させる、という伝説です。この伝説と、ニザール派の暗殺教団伝説が、中世ヨーロッパで結びつき、一つの物語を形作ります」

「あ、それは聞いたことがあります。大麻を吸引して暗殺する人々ですね。だから、大麻という意味のハシシが、英語やフランス語のアサシンの語源になったと……」

音川はかすかな笑みを浮かべた。

「一般にそう言われていますが、この場合、ハシシは直接大麻を意味するのではありません。シリアでのニザール派の蔑称《べっしょう》がハシシだったんです」

「蔑称……？」

「そう。ニザール派はいわゆる過激派だったので、厳格で保守的なスンナ派から徹底的に嫌われましてね。あ、スンナ派は、日本ではスンニー派と呼ばれることが多いですがね……。スンナ派はニザール派をハシシと呼んで蔑《さげす》んでいました。ハシシには大麻の意味もあるので、それらが混同されて『山の老人』や『秘密の園』伝説が形作られていきます。そして、それがマルコ・ポーロによって広く伝えられることになるわけです」

「ちょっと待ってください」

秋穂が困惑した表情で言った。「それ、館脇さんの指輪とどういう関係があるんです？」

「古代史や超古代史の謎に迫ると、今でも『山の老人』一派が暗殺に来るという話が、一部の人たちの間でまことしやかに囁《ささや》かれているのです」

「一部の人たちというと？」

「古代史や考古学の愛好家ですね。特に、僕のようなアトランティスの愛好家」

「古代史の謎に迫ると、どうして殺されるんですか？」

「さあ……。それはわかりません。しかし、最近、暗殺教団について新たな見方が生まれています」

「どういう見方ですか？」

「九・一一の同時多発テロ以来、『山の老人』や暗殺教団は、イスラムの本質が表れた歴史的な事実として論じられることがあります」

「それは、イスラム教に対する偏見なのではないですか？」

「さあ、どうでしょうね。世界でテロを起こしているのは主にイスラム教の過激派だというのは事実です」

「キリスト教徒やユダヤ教徒はイスラム世界に比べて大きな軍事力を持っているからじゃないですか？」

「暗殺教団がイスラムの本質だと、僕が論じているわけではありません」

「それに、過激派については、多くのイスラム教徒がとても迷惑に感じているという事実もあります」

「僕はどの宗教にも味方しません。ですから、あなたのようにイスラム教を弁護するつもりもありません。もちろん、キリスト教徒に味方する気もありません」

どうやら話があらぬ方向に進んでいきそうなので、萩尾は言った。

「館脇さんは、その『山の老人』や暗殺教団を恐れているということですか？」

「ご本人に訊いてみたらどうですか？」

「館脇さんは当初、何を盗まれたのかすらも言おうとしませんでした。誰が命を狙うか、なんて話してくれません」

「それを聞き出すのが警察なんじゃないですか?」

「相手が被疑者なら、何が何でも聞き出しますよ。でも、館脇さんは被害者です」

「まあ、それはそうですね」

「彼は、盗まれた指輪を何とか手に入れようとしている人が、世界中にごまんといるとおっしゃっていました。だから、自分がそれを持っていることを世間に知らせたくないのだと……」

「気持ちはわかりますね」

「でも、あなたはその指輪の価値は、はっきりしないと言う……。それって、矛盾していませんか?」

「別に矛盾はしていないと思いますね。物の価値や評価など人によって変わるのです。たしかに、『ソロモンの指輪』と聞いて、何とか手に入れようとする人はたくさんいるでしょう。でも、それが指輪の本当の価値かというと、それはわかりません」

「どうも、武田の言い草じゃないが、はぐらかされているような気がするなあ……」

「そんなことはありません。僕は真摯《しんし》におこたえしているつもりです」

「わかりました」

萩尾は言った。「お忙しいところをお邪魔しました。ご協力に感謝します」

「いえ。いつでも来てください」

音川は、あくまでも人をそらさない。

萩尾と秋穂は美術館をあとにした。


渋谷署に戻ると、萩尾は音川の供述について、林崎係長に報告した。話を聞き終わった林崎が言った。

「するってえと、音川のやつは盗品の価値をはっきり言わなかったってえことかい」

「武田が言ってたことなんだが、どうも俺たちをはぐらかそうとしているようなんだ。俺もそう感じた」

「何か知ってて隠しているってことかい？」

「どうかね。音川はもともと警察とは敵対しているからね」

「だが、尻尾を出さねえからパクれねえ。美術館のキュレーターというれっきとした身分もある。やっかいなやつだな」

「やつはきっと、館脇さんが何に怯《おび》えているのかを知っている。だから、暗殺教団だの『山の老人』だのという話を持ちだして、俺たちを煙に巻こうとしたんだ」

「館脇は、指輪を持っていることが公になったら、命を狙われると言ったんだろう？

いったい、誰に狙われるんだ？」

「さあね。盗犯係の考えることじゃないからな」

「命の危険があると言ってるんだ。盗犯係だのナンだのと言っている場合じゃねえだろう」

「もちろん、俺もそう思うけどね。俺たちがそういうことを捜査すると、捜査一課や所轄の強行犯係が恐ろしい剣幕で文句を言ってくるんだ。縄張りを守れってな」

「ふん、ヤクザじゃあるめえし」

「刑事なんて、ヤクザみたいなもんだよ」

「それ言っちゃ、おしめえだよ。見た目や押しの強さはヤクザみたいかもしれねえが、こちとらの行動原理は正義なんだよ」

萩尾はにっと笑った。

「そうだよな。たいていの警察官はそう言うんだ。しかも本気で。だから俺は、警察が好きなんだよ」

「そうだろうな。あんた、そういう人だ」

「盗難の被害者が殺害されたりしたら、寝覚めが悪くてしょうがない。だから、当然、そっちも調べるよ」

「そっちってのは、誰が命を狙うのか、ってことかい？」

「そうだ」

「館脇の被害妄想かもしれない」

「それに越したことはないんだけどな。俺たちは常に、最悪の事態を想定しなけりゃならない」

「わかった。その件は、本部のあんたらに任せていいか？」

「了解だ。捜査一課にも、いちおう伝えておくよ。それで、家政婦のほうは？」

「何も知らないと言っている。もともと館脇のコレクションにはまったく興味はなかったそうだ。今、捜査員がアリバイとか供述の裏を当たっている」

「何かわかったら知らせてくれ」

林崎係長は、うなずくと時計を見た。それにつられて、萩尾も時間を確かめた。午後六時二十分だった。

林崎係長が言った。

「さて、今日はどうする？」

「あんたは？」

「俺はしばらくここにいる。部下の上がりを待たなきゃな」

萩尾は言った。

「じゃあ、俺たちは本部に戻る」

萩尾は秋穂とともに、地下鉄に乗って警視庁本部に戻った。

6

捜査三課の自分の席に戻ったのは、午後七時過ぎだった。まだ、猪野係長が残っていた。

「よお、ハギさん。戻ったのか」

「直帰しようと思ったんだけど、報告書を書いておこうと思いまして」

「明日でいいのに」

「明日はまた、明日の用事がありますから……」

「苦労性だねえ。……それで、渋谷の窃盗のほうはどうなんだ?」

「なんだか、どんどんおかしなことになっていきます」

猪野係長が眉をひそめる。

「どういうことだ?」

萩尾は、事件のあらましと、『ソロモンの指輪』『山の老人』、そして暗殺教団などの伝説の話を、ごく簡略に伝えた。

猪野係長は、ますます困惑したような顔になって言った。

「伝説の指輪が盗まれた、だって? そいつは何の冗談だ? そんな話を真に受けてるわけじゃないだろうな」

　萩尾はこたえた。

「無視するわけにはいきませんよ。被害者と関係者の供述ですからね」

「そんな話を検察にしてみろ。怒鳴《どな》られるぞ」

「別に怒鳴られるのは平気ですけどね。やつらの頭の固さは何とかならないでしょうかね」

「石頭の検察じゃなくても、その話はどうかと思うぞ」

「伝説に眼を奪われちゃいけないと思いますね。その裏にあるものが大切なんです」

「伝説の裏にあるものって、何だい？」

「伝説とかはカムフラージュでしょう。館脇さんも音川も、伝説をちりばめて俺たちの眼をくらまそうとしているんです」

「何かの犯罪に関与しているってことか？」

「いや、それはまだわかりません」

　猪野係長は、しばらく考えてから秋穂に尋ねた。

「おまえさん、どう思う？」

　突然話を振られて、秋穂は驚いた様子だった。

　秋穂もほぼ一人前だと認められたということだ。半人前の捜査員に猪野係長が何かを尋ねることなどない。

「ハギさんは、伝説に眼を奪われてはいけないと言いましたが、私はもっと伝説について調べるべきだと思います」

「なぜだ？」

「盗品のことをよく知るべきだと思うからです。そうすれば、おのずと犯行の動機や犯人像も明らかになってくるでしょう」

猪野係長が萩尾に尋ねた。

「どうだ？」

萩尾はうなずいた。

「一理ありますね。ただ、そういうことにあまり手間をかけてはいられない」

「たしかにそうだな」

そのとき秋穂が言った。

「そういうことに詳しい人に協力を求めればいいと思います」

猪野係長がそれに対して言う。

「大学の教授とか、専門の研究者に話を聞くのか？　それも手間暇がかかるぞ」

秋穂は言った。

「古代史とか伝説に詳しい探偵がいて、館脇さんがその探偵を雇っているのです」

「探偵……」

猪野係長は説明を求めるように、萩尾を見た。萩尾はこたえた。

「石神という探偵です。館脇は信頼しているようですね」

「その探偵に協力を求めるということか？」

秋穂がこたえる。

「あくまでも限定的に、ですが……」

「警察が外部の協力を求めることはあるが、私立探偵といっしょに仕事をすることはほとんどない」

萩尾は言った。

「石神は、もと警察官だったようです」

「元サツカンだからといって、特別扱いはできないよなあ……」

「私立探偵なら、俺たちと違って、二十四時間館脇さんに張り付くことも可能です」

「張り付く……？　何のために」

「館脇さんは、ひどく怯えている様子です。指輪を所持していたことを公表すると、命を狙われるのだと……」

「命を狙われる？」

「ええ。それで、何を盗まれたのかしゃべるのを、ずいぶんと渋っていました」

「なぜだ？　なぜ命を狙われるんだ？」

「それはわかりません」

「発言していいですか？」

秋穂が尋ねると、猪野係長が言った。

「ああ。別に会議をしているわけじゃないんだ。いつでも好きなときに発言してくれ。何だ？」

「それについて、音川は暗殺教団や『山の老人』の伝説が関わっていることを示唆していました。ハギさんは、私たちを煙に巻くためだと言いましたが、まったくでたらめとも思えないんです」

「それで……？」

猪野係長が尋ねた。「おまえさん、どうしたいんだ？」

「石神探偵が音川から話を聞けば、何かわかるかもしれません」

「なるほどな……」

萩尾は言った。

「悪いアイディアじゃないと思いますね」

しばらく考えていた猪野係長が言った。

「わかった。やってくれ。ただし、石神は常にコントロールしておくんだ」

「了解です。それから、館脇さんが誰かに狙われると怯えている件ですが、捜査一課とかに知らせておかなくていいですかね？」

「俺が課長に上げておく。課長が判断するだろう」

萩尾はうなずいた。

猪野係長が言った。

「特に進展がないようなら、もう引きあげてくれ」

午後七時半を回っている。萩尾は言った。

「ちょっと館脇さん宅の様子を見てから引きあげることにします」

「わかった」

席に戻ると、萩尾は秋穂に言った。

「さて、夕飯でも食って、館脇邸の様子を見に行こう」

「夕食が先なんですか？」

「ああ。急ぎの用があるわけじゃない」

二人は警視庁本部庁舎を出た。

萩尾は、いつも行くトンカツ屋に向かった。トンカツもいいが、この店のメンチカツが気に入っていた。

今夜もメンチカツ定食を注文する。秋穂は、ヒレカツ定食を注文していた。なるべく脂肪分を摂らないように気を使っているのかもしれない。

食事をしながら、萩尾は言った。

「済まんな。早く帰ってやりたいこともあるだろうに……」

秋穂はあっけらかんとこたえた。

「やりたいことなんてありませんよ。こうして仕事をしているほうが、寮でぼんやりしているよりいいです」

「同じ年代の女性たちは、さかんに遊び回っているんだろうな。おまえさんは、冴《さ》えない中年男とトンカツを食ってる。なんだか、哀《あわ》れに思えてくるな」

「それって、やる気満々のペアに対して失礼ですよ」

「失礼かな……」

「そうです。私は、こうしているのが楽しいんです」

「そうか」

それが秋穂の本音かどうかはわからない。だが、本音だと思ったほうが気が楽だ。

食事を終えると、また現場に逆戻りだ。日が落ちると、松濤のあたりは昼間に増して静かになる。すぐ近くに渋谷の喧噪《けんそう》があるとは思えない。

萩尾と秋穂は、屋敷の周囲をゆっくりと歩いていた。秋穂が言った。

「侵入した跡はなかったんですよね？」

「そうだな……」

「じゃあ、やっぱり内部の犯行ですかね」

「内部って言ったら、家政婦の横山春江しかいないじゃないか」

「じゃあ、その横山春江が一番怪しいってことになりませんか？」

「無茶な推論だな。所轄の連中が話を聞いて、怪しい点はなかったと言ってるんだ」

「そう言えば、供述の裏を取るって、林崎係長が言ってましたね？」

「ああ。そのへんはきっちりやるだろう」

「その結果を聞きに行かなくていいんですか？」

「特に知らせたいことがあれば、連絡をくれるはずだ」

「供述の裏が取れて、横山春江は怪しくないってことになったんですかね」

「そう考えていいだろう。自分が真っ先に疑われることを知っていながら、姿もくらまさないとなれば、やはりシロだろう」

「真っ先に疑われることを知っている……？」

「そうだろう。彼女は、館脇さんの留守中も屋敷にいるわけだろう。誰も見ていない屋敷で自由に行動できるんだ。しかも、彼女は陳列棚の鍵を開けられる」

「だからって、犯人じゃないってことにはならないでしょう」

「たしかにそうだが……。どうも、ひっかかるんだ」

「何がですか？」

「もし彼女が犯人だとしたら、もっと別な物を盗みそうな気がするんだ」

「別な物？」

「そう。手っ取り早く金に換えられる物だ」

秋穂が考え込んで言った。

「そうですね……」

そのとき、街灯の光を避けるように動く影に気づいた。萩尾は言った。

「あの角を、今誰かが曲がった」

「近所の人じゃないですか？」

「それでも、職質をかける価値はあるだろう」

「わかりました。私は逆方向から回り込みます」

「了解」

萩尾は角の方向に真っ直《ま》ぐ《す》進み、秋穂は逆方向に歩いて行った。挟み打ちできるはずだ。

萩尾は人影が消えた角を曲がった。黒っぽい人影が先を歩いて行く。しばらくすると、次の角を曲がろうとした。そこに秋穂が姿を見せた。

人影に声をかけている。職質をかけたのだろう。萩尾はその場に小走りで近づいた。そして「おや」と思った。

秋穂と話をしているのは、よく知っている人物だった。音川だ。

萩尾は言った。

「こんなところで、何をしているんだ？」

秋穂が言った。

「私も今、それを訊いていたところです」

音川が言う。

「誰がどこで何をしようと自由でしょう……」

「なら、こちらも質問する自由がある」

萩尾が言うと、音川は続けて言った。

「……と言いたいところですが、質問におこたえしましょう。気になって見回っていたんです」

萩尾は尋ねた。

「見回っていた……？　あなたが？　なぜですか。襲撃者を捕まえたり、撃退したりするつもりですか？」

「いやあ、僕にそんなことは無理ですね」

「じゃあ、何のために見回りを……」

「館脇さんが狙われているという話を聞いてからずっと気になっていたんですよ。それで、お宅をお訪ねしたのですが、まだ館脇さんは帰宅されていないということでした。そのまま帰るのもナンなので、周囲の様子を見ていこうと……」

「そういうことは、警察に任せてもらわないと……」

「ええ、おっしゃることはわかりますよ。でも、誰もいませんよね」

「は……？　誰もいない？」

「警察の人が、です。館脇さんが狙われているということを警察は知っているんでしょう。それなのに、見回りのお巡《まわ》りさんもいない」

「私たちがいるじゃないですか。私らはれっきとした警察官ですよ」

「たまたま出っくわしただけでしょう。あなたたちが二十四時間張り付いているわけではないでしょう」

「それはそうですが……」

「見回りをしてみてわかりましたよ。館脇さんはいつ襲撃されてもおかしくはない、と……」

「そんなことはさせません」

「失礼だが、それは口だけだと言わざるを得ませんね。実際に、館脇さんは盗難に遭われている」

痛いところを衝かれた。誰かが襲撃されるかどうかは、厳密には警察の責任ではない。すべての人に言えることだが、自分の身を守るのは自分の責任なのだ。

もちろん、犯罪絡みや対象者が要人ならば警察は動くのだが……。

ストーカーなどの事件が起きたとき、どうして警察は事前に動けなかったのかという批判の声が上がる。警察官として言わせてもらうと、法律に違反していない者を取り締まることはできないのだ。

そういうことが許されるのは、恐ろしい警察国家での話だ。それは人々が警察に弾圧されている社会だ。

防犯も警察の役目だが、やるべきことに対して警察官の数は圧倒的に不足している。所轄の警察官は常に睡眠不足を強いられている。

身の危険を感じていると訴えてくる人、あるいは相談してくる人すべてを警察官が護衛することはできない。また、警察官はそういう任務を担っていないのだ。

萩尾は言った。

「館脇さんは、私立探偵を雇っているようです」

「私立探偵？　警察は責任が持てないので、私立探偵に丸投げというわけですか？」

「いや、そういうわけではありませんが、私らの仕事はあくまで盗難の捜査ですから

「……」

「なんだか、言い訳をしているように聞こえますね」

そのとき、秋穂が言った。

「さっき、私がはぐらかされているように感じると言ったことへの仕返しですか？」

音川は笑った。

「そんなつもりはありませんよ。僕たち一般市民は、警察を頼りにしている。僕たちを守ってくれると信じているから、警察の取り締まりに協力するのです。守ってくれないとわかったら、誰も警察の言うことを聞かなくなりますよ」

「私立探偵に会ってくれませんか？」

秋穂が突然話題を変えたので、音川がきょとんとした顔になった。

萩尾も驚いていた。

音川が言った。

「僕が私立探偵に会う……？　何のために？」

「石神という私立探偵は、古代史とか伝説とかに詳しいようなんです。音川さんと情報交換すれば、何かわかるんじゃないかと思って……」

音川はしばらく考えていた。断られるに違いないと萩尾は思った。もし、拒否されたらどう説得しようかと考えていると、音川が言った。

「おもしろいですね。いいでしょう。会ってみましょう」

萩尾は肩すかしを食らったような気がした。

秋穂が言った。

「じゃあ、さっそく段取りします」

萩尾は、新たに近づいてくる人影に気づいて言った。

「どうやら、段取りの必要はなさそうだ」

「え……？」

秋穂が言ったとき、二人の人影のうちの片方が言った。

「ここで何をしてるんだ？」

館脇だった。そして、いっしょにいるのは石神だった。

7

「すいません」

萩尾は言った。「改めてお話をうかがいたいと思いまして……」

「あれえ……」

館脇が言った。「音川君じゃないの？」

音川が笑みを浮かべた。

「どうも……」

「どうして警察といっしょにいるんだい？」

「聞きましたよ。盗難の話。それでお訪ねしたんですが、ここで彼らと会いまして……」

職質をされたことは言わなかった。別に自分たちもそのことは言う必要はないと、萩尾は思った。

「そいつは、どうも……」

館脇は音川にそう言ってから、萩尾に視線を移した。「話を聞きたいって……？」

「ええ。犯人の動機が気になりましてね……」

「動機？　物盗りに動機があるのかね？　彼らは盗んでそれを金に換え、暮らしているわけだろう？　言ってみれば、それが仕事みたいなもんじゃないか」

「盗まれた物が特殊でしょう。何か特別な動機があるんじゃないかと思いまして……。それがわかれば、犯人に迫る手がかりになります」

館脇は考え込んでいたが、ふと気づいたように言った。

「こんなところで立ち話をしていたら、近所の人に怪しまれるな……。しょうがない。うちに入ってくれ」

この間、石神は萩尾たちに対して、少々反感の籠もった眼を向けたまま、何も言わずにいた。

萩尾たちを自宅に招き入れることにも、異を唱えるようなことはなかった。雇い主には逆らわないということだろうか。

リビングにやってくると、館脇が言った。

「適当に座ってよ」

大きな応接セットがあり、座る場所は充分過ぎるほどある。

「失礼します」

萩尾がソファに座ると、秋穂が隣に腰を下ろした。

音川は立ったままだった。

館脇は言った。

「音川君も座ってよ。落ち着かないからさ」

「わかりました」

音川は、萩尾たちから離れた位置に座った。

館脇と石神は、萩尾たちの向かい側だ。

館脇は萩尾に言った。

「お茶とかは出さないよ。家政婦が帰っちゃってるから」

「あ、ご心配なく」

「ウイスキーとか飲みたいなら、適当にやってよ。あそこの棚の上にあるから……」

「あ、じゃあ、僕はいただきますよ」

音川が立ち上がって棚に近づいた。腰の高さほどの棚の上には、クリスタルのデキャンタに入ったウイスキーがあり、その脇にデキャンタと同じクリスタルカットのグラスが六つ置かれていた。

音川はグラスにウイスキーを注ぐと、それを持ってソファに戻った。

「じゃあ、私も飲もう」

館脇が立ち上がり、音川同様にグラスにウイスキーを注いだ。そして、元の位置に戻った。

二人ともストレートでちびちびと飲みはじめる。最近は、オンザロックとか水割りではなく、こうして飲むのが流行《はや》りのようだ。おそらく海外ドラマか何かの影響だろうと、萩尾は思った。

「さて、話って何だ？」

片手にグラスを持った館脇が言った。

萩尾はこたえた。

「盗まれた物について、もっと詳しく知りたいと思いまして。それで、キュレーターの音川さんにも話をうかがいました」

「なに……？　あんたら、知り合いだったの？」

「ええ。まあ、過去に事件がらみで……」

館脇がにやにやと笑った。

「音川君が被疑者だったりして……。この人けっこう怪しいところがあるから」

音川も館脇に笑みを返している。

だが、もしかしたら、館脇は音川の正体に気づいているのかもしれない。音川が充分に怪しいやつだと知っていて親しく付き合っているのではないだろうか。親しい者同士の冗句だ。

もし、そうだとしたら、それはなぜだろう。館脇は、もともと社会的であるとか反社会的であるとかにこだわらないのかもしれない。成功した実業家にはよくあることだ。

反社会的な相手であっても、気に入れば付き合う。それは一種の度量の大きさなのかもしれない。

あるいは、音川と付き合うことに何かのメリットがあるということも考えられる。音川の贋作師としての技術や知識が、館脇にとって何かの役に立つのではないだろうか。

そんなことを考えながら、萩尾は言った。

「まず、指輪の形状を詳しくお教え願えますか？　鉄と真鍮でできているということでしたよね」

「そう。見かけは古い金属の塊だ。円筒形を潰したような形で……、そうだな、言ってみれば分厚いコインのようだ。表面に縁取りがしてあり、何か浮き彫りがあるのだが、風化していて、何が描かれていたのかわからない状態だった」

音川が言った。

「伝説上の『ソロモンの指輪』には、ソロモン王の紋章が描かれていたということになっていますよね」

館脇はうなずいた。

「そう。だが、それはあくまで伝説だ。ソロモン王が着ける指輪なので、当然その紋章が描かれているだろうと、後世の人が考えたのかもしれない」

萩尾は尋ねた。

「ソロモン王の紋章というのは……？」

館脇がこたえた。

「ダビデの紋章は知っているかね？」

「ああ、六芒星《ろくぼうせい》ですね。たしか、イスラエルの国旗がそうですね」

「ソロモン王の紋章も同じく六芒星だが、さらに魔術的なんだ」

「魔術的……？」

「そう。意味ありげなんだよ」

音川が補足するように説明を始めた。

「二つの正三角形を組み合わせているのですが、すべての辺が互い違いになっているのです」

「言ってることがよくわからないんだが……」

「ソロモン王の六芒星は、すべての線が立体的に交差しているイメージなのです。六芒星はすべての辺が二箇所で交わっているでしょう？　そのすべての辺の接点が、同様に、片方は交わる線の下を通り、もう一方が上を通るわけです」

それでもよくわからない。秋穂がスマートフォンで検索して、実際にその紋章を見せてくれた。それでようやく萩尾は納得した。

「なるほど、こういうことですか。伝説の指輪には、この紋章が描かれていたと……」

館脇がうなずく。

「そう言われている」

「でも、今、否定的なことをおっしゃいましたね？」

「別に否定したわけじゃない。現物を見て思ったことを素直に言っただけだ」

「つまり、ソロモンの紋章は描かれていなかったと……」

「わからないんだ。長い年月で表面が風化している。何が描かれていたのか判然としない。そういう場合、それがソロモンの紋章だと言い張っても意味がないだろう」

音川が言った。

「X線などで解析すれば、何が描かれていたか判明するかもしれません」

館脇がそれに対して言う。

「キュレーターらしい意見だな」

音川がさらに言う。

「肯定も否定もしないんですね。もしかしたら、何が描かれていたか、すでに知っているとか……」

館脇は音川を見て、再びにっと笑った。

「そうだと面白いんだがな。まだ私も知らない」

「どこかで鑑定をしたことはないんですか？」

館脇は珍しく曖昧な口調で言った。

「ないわけじゃないが……。まあ、それを言うと出所が知れてしまうのでな……」

萩尾は尋ねた。

「出所をおっしゃりたくないということですか？」

「言いたくない」

萩尾は石神を見て尋ねた。

「あなたはそれをご存じですか？」

石神はかぶりを振った。

「聞いていません。知る必要はないので……」

「知る必要がない？」

萩尾は思わず訊いた。「なぜです？」

「俺が受けた依頼の内容は、誰が盗んだかを調べてくれというものでした。ですから、その品物がどういう経緯でこの屋敷にあったかなどは知る必要はありません」

「捜査には、あらゆる情報が必要でしょう」

「それは警察の考え方ですね。つまり、何か事件が起きると、それに関わるすべての人の罪を暴こうとする。被害者すら疑うのです。それが警察です。ですから、あらゆることを知りたがる。罪を問わなくてもいい人まで、罪人にしようとするんです。俺たちは、調べろと言われたことを調べるだけです。誰も罪人にしようなどとは考えません」

明らかに警察官に対する当てこすりだ。それに取り合おうとは思わない。だが、萩尾は気になった。石神が警察を辞めた理由が知りたいと思った。

いずれそれについても話をしたいが、今はその時ではない。

「わかりました。誰が盗んだかを調べるのが今回の仕事というわけですね。では、何かわかりましたか？」

「それを警察に知らせる義理はありませんね。依頼者に報告する義務があるだけです」

「義理はないでしょうが、お互い、協力したほうが得策だと思いませんか？」

「警察が捜査情報を外部に洩らすはずはありません。つまり、協力というのは名ばかりで、一方的にこちらから情報を吸い上げるという意味でしょう」

「たしかに捜査情報を洩らしたことがわかれば、クビが飛ぶこともあります。だからといって、一方的に情報を吸い上げるというのとは違いますね」

「結果的には同じになると思います」

「私立探偵個人でできることは限られているでしょう。警察の捜査能力が必要になるはずです」

石神は薄笑いを浮かべた。萩尾は尋ねた。

「どうしました？　私が何か変なことを言いましたか？」

「大きな勘違いです」

「何がでしょう?」

「警察は、起訴のため、あるいは公判維持のための証拠集めに、ほとんどの勢力を割かれるのです。そして、犯人を確保するためにも多くの時間と人員を割かなくてはなりません。警察の捜査能力というのは詰まるところ、その人海戦術なのです。しかし、俺は犯人を起訴する必要もなければ、公判のための証拠を集める必要もない。被疑者を確保する必要もないのです。ですから、あなたの言う警察の捜査能力など必要ないのです」

「裁判所が許可すれば、警察は強制捜査をすることができます」

「ですから……」

石神は言った。「証拠を手に入れる必要がないのですから、俺には強制捜査など必要ないんですよ」

萩尾は、石神の言おうとしていることが、ようやく理解できた。

警察とはやり方が違う。だから手を組む必要はないし、その気もない。石神はそう言っているのだ。

「実を言うと、私たちはあなたの協力をかなり期待しているのですが……」

「期待するのは自由です。しかし、何度も言いますが、それにこたえる義理はありません」

萩尾は頭をかいた。

「まあ、とはいえ、これからもしょっちゅう顔を合わせることになると思いますので、よろしく頼みます」

それに対して、石神は何も言わなかった。

萩尾は館脇に尋ねた。

「あなたは、盗まれた物を『ソロモンの指輪』だと信じていらっしゃるのですね？」

一瞬、間があったので、萩尾は「おや」と思った。その間が何を意味しているのか気になった。

館脇が言った。

「もちろん、信じている。言っただろう。私はそれを手に入れるのに、四億円もの金を投じたんだ」

「素朴な疑問なんですが、本物なんですか？」

その質問に、館脇と音川は顔を見合わせた。その二人の行動も、何か意味ありげだと、萩尾は思った。

館脇がこたえた。

「本物だよ」

それ以上、余計なことは言わなかった。

「音川さん」

萩尾は言った。「改めて訊きますが、あなたも本物だと思いますか?」

音川が、もう一度館脇のほうを見た。だが、今度は館脇が眼を合わせなかった。萩尾に視線を戻すと、音川が言った。

「そうですね。本物と言えば、本物かもしれませんね」

「ずいぶん曖昧な言い方ですね。キュレーターなら本物か偽物か鑑定しなければならないのではないですか?」

音川は肩をすくめた。

「そういう言い方をされたら、本物だとこたえるしかないでしょうね」

「お二人とも、盗まれたのが本物の『ソロモンの指輪』だと言われる。だとしたら、その指輪で、悪魔を思い通りに動かしたり、動物と会話ができたりするわけですよね?」

すると、館脇が言った。

「それはあくまで後世に作られた伝説だよ」

秋穂が「はぐらかされているような気がする」と言っていたが、それがもっともな気がしてきた。

萩尾もそう感じているのだ。しかも、音川だけではなく、館脇も萩尾たちをはぐらかそうとしているような気がしてきた。

それはなぜなのだろう。

館脇は盗難の被害者だ。なぜ警察に隠し事をする必要があるのだろう。

本人から聞いた唯一の説明は、生命の危険があるから、というものだった。だが、それがどんな危険であるかについては話そうとしない。

萩尾は尋ねた。

「あなたは、『ソロモンの指輪』を持っていたということが公表されたら、命が危ないとおっしゃっていましたね?」

館脇が顔をしかめた。

「ああ……」

なぜか不機嫌そうになった。訊かれたくない事柄なのだろうか。

ならば、さらに突っ込んで訊く必要がある。

「私たちは、音川さんから、『山の老人』や『暗殺教団』の話を聞きました。あなたが危機感を抱いておられることと、それらの事柄は何か関係がありますか?」

館脇が音川を見て言った。

「余計なことを……」

音川は平気な顔で肩をすくめた。

「警察に質問されたら、知っていることをこたえますよ」

館脇が萩尾を見た。

「『山の老人』も『暗殺教団』も伝説上のものだと思っているのだろうな」

「正直言って、私にはさっぱりわからないんです。だから教えてください。あなたが恐れているのは、そういうものなんですか？」

「もしそうだとしたら、警察は守ってくれるかい？」

「命の危険があるのだとしたら、もちろん守りますよ」

石神が館脇に言った。

「彼は本気にしてないようですよ」

「まあ、そうだろうな」

館脇の言葉を受けて、石神がさらに言う。

「だから、こういう安請け合いをする」

萩尾は石神に言った。

「本気にしてないわけでも、安請け合いをしているわけでもありませんよ」

「本当に対処できると思っているのですか？」

「いや、そう言われると困りますが……。なにせ、『山の老人』や『暗殺教団』がどのようなものかわからないので……」

石神が言った。

「暗殺教団」は、イスラム教シーア派の分派、ニザール派のことだったと言われています」

「ええ。その話は音川さんからうかがいました。でもニザール派というのは、昔の話でしょう」

「ニザール派というのは、今で言うイスラム過激派ですよ。ニザール派そのものは衰退しているかもしれませんが、イスラム教徒の中の過激派は今も健在です。つまり、ニザール派は、姿や名前を変えて今でも存続していると考えることもできます」

「その説は、イスラム教への偏見を含んでいる恐れがありますね」

「俺の説ではありません。ニザール派の存在がイスラムの本質を表していると主張する者が近年増えてきていると言われています。これも、アメリカの同時多発テロ以降のことでしょうが……」

「ちょっと、いいですか？」

その時秋穂が言った。萩尾は尋ねた。

「何だ？」

「『山の老人』や『暗殺教団』の話を聞いてからずっと気になっていたんですけど……」

「気になっていた？」

「ええ。『山の老人』や『暗殺教団』って、イスラム教の人たちですよね？」

石神がうなずく。

「そうです」

「そして、ソロモン王は古代イスラエルの王様ですよね?」

「ええ」

「イスラエルの王様の指輪を持ってるからと言って、どうしてイスラム教徒が命を狙ってくるんですか?」

館脇と音川がまた顔を見合わせた。

そして、音川が言った。

「ご存じないんですね」

秋穂が尋ねる。

「何をですか?」

「ソロモン王は、イスラム教でも預言者とされているんです」

「そうなんですか?」

秋穂が首をひねる。「うーん。でもそれ、あんまり説得力がないような気がしますけど……」

音川は笑みを浮かべたまま言った。

「一見説得力のない事実もありますよ」

それから彼は時計を見た。「さて、僕はそろそろ失礼したいのですが、これでお開きというわけにはいきませんかね?」

萩尾もそろそろ潮時かと思っていた。

今日は引きあげることにした。

8

翌日、警視庁本部庁舎に萩尾が登庁すると、席に秋穂の姿があった。

「おはようございます」

「おはよう」

「朝から浮かない顔ですね」

「昨夜の話が消化不良気味でな……」

「私もそうですよ。館脇さんと音川は、何か知っていて秘密にしていますよね」

館脇には「さん」づけだが、音川は呼び捨てだ。音川が贋作師だという意識があるのだろう。

萩尾は言った。

「何を隠しているのだろう。警察に隠し事をすれば、それだけ捜査が滞る。得をすることなんて何もないのに……」

「あの石神っていう探偵も、なんだか警察を眼の仇《かたき》にしているみたいですよね。感じ悪いです」

「元サツカンだからな。現職時代に何かあったのかもしれない」

関係者からの事情聴取や鑑識など実務的なことは、渋谷署の盗犯係がやってくれている。渋谷署の林崎係長は、館脇が命を狙われていると訴えている件を、萩尾たちに任せると言った。

だが、本人の協力なしではどうしようもない。

秋穂が言った。

「石神探偵に協力させるってアイディア、いいと思ったんだけどなあ……」

萩尾は言った。

「まだ諦めるのは早いさ」

そのとき、三課の部屋に菅井敬《すがいけい》と苅田浩《かりたひろし》のコンビが入ってくるのが見えた。二人は、捜査一課強行犯捜査第三係の捜査員だ。

菅井が四十六歳の警部補、苅田は三十五歳の巡査部長だ。

秋穂もすぐに気づいた様子で言った。

「あいつら、何の用でしょうね」

萩尾は顔をしかめる。

「おい、あいつらなんて言い方はやめろ」

「だって、感じ悪いじゃないですか」

「捜査一課に行きたいんだろう。一課はあんなやつらばかりだぞ」

秋穂は萩尾を見た。

「私は一課に行きたいなんて、一言も言ったことないですからね」

「そうだっけかな……。けど、見え見えだぞ」

「それ、ハギさんの勘違いですから」

菅井と苅田は、萩尾たちには眼もくれず、まっすぐに猪野係長の席に向かった。すぐに萩尾たちは猪野係長に呼ばれた。

猪野係長の席の前で、菅井たちと横一列に並ぶような恰好になった。萩尾は猪野係長に尋ねた。

「何でしょう」

「館脇さんが、身の危険を訴えている件だ。命を狙われているとなると、捜査一課も放ってはおけないということで、彼らが来てくれた」

萩尾は、菅井たちにではなく、猪野係長に向かって言った。

「そいつはどうも……」

菅井が萩尾に言った。

「こっちも暇じゃないんでな……。すぐに話を聞かせてくれ」

萩尾は言った。

「ある盗難品について、それを所持していたことが公になると、誰かに命を狙われる危険があると、被害者が主張しているんだ」

「面倒な盗難品なのか？　マルＢ絡みとか……」

マルＢとは暴力団のことだ。

「いや、そういうんじゃない」

「じゃあ、何だ。ちゃんと説明してくれ」

「被害者本人は、『ソロモンの指輪』だと言っている」

菅井がぽかんとした顔になる。

「何だ、それ」

「旧約聖書に出てくるソロモン王の指輪だ」

「旧約聖書だあ？」

菅井は萩尾をしげしげと見つめた。「それ、何かの冗談か？」

「被害者本人がそう言ってるんだ。俺が言っているわけじゃない」

「真に受けているわけじゃないだろうな」

「被害者の供述だからな。無視するわけにはいかない」

「それで、なんでその王様の指輪だか何だかを持っていることが公になると、命を狙われるんだ？」

「そこんとこは、俺たちにもわからない。これも伝説の類なんだが、『山の老人』とか

『暗殺教団』とかが絡んでいるという話もあるんだが……」

「それは何なんだ?」

「マルコ・ポーロが広めた伝説で、何でもかつてのイスラム教のある分派が元になっているらしい」

「俺たちをなめてるのか?」

「別になめてなんかいないよ」

「そのふざけた話は、いったい何だ」

「俺はふざけちゃいない。被害者やその周辺の連中が言っている話を伝えているだけだ。骨董品とか歴史的な遺物には、伝説が付きものなんだよ」

「命の危機って言うから、もっと差し迫った話かと思った。そんなの、放っときゃいいだろう」

「あんたらがそう思うなら、それでもいいさ。何かあるといけないので、知らせただけだ」

菅井は難しい顔になった。

この件をほっぽり出すのはいいが、後々本当に館脇に何かあったときに、上司にどやされることになりかねない。

「被害者ってのは、有名な金持ちの館脇友久だよな?」

菅井の問いに、萩尾はうなずいた。

「そうだ。彼は歴史的な遺物や出土品なんかを集めているようだ。今回盗まれた物を入手するために四億ほど使ったと言っていた」

さすがに菅井が目を丸くした。

「四億だって……」

「大金を動かせば、災難も寄ってくる。そういうもんじゃないか?」

そのとき、机上の電話が鳴り、猪野係長が出た。

「わかった」

猪野係長はそう言うと電話を切り、萩尾に言った。

「渋谷署の林崎係長からだ。館脇邸が荒らされたそうだ」

萩尾はこたえた。

「すぐに向かいます」

すると菅井が言った。

「何だかわからんが、俺たちも行こう」

萩尾たちが電車で行こうとしたら、菅井が車を用意すると言った。さすがは捜査一課だと思った。大所帯の捜査一課は予算も潤沢なのだろう。

四人は捜査車両に乗り込み、松濤にやってきた。ハンドルを握る苅田は、車を館脇邸の正面に駐めた。

するとと門のところにいた制服姿の警察官が近づいてきた。渋谷署地域課の係員だろう。

「ここ、駐車しちゃだめだよ」

菅井は無言で、スーツの左襟を指さした。そこには「S1S」と書かれた赤くて丸いバッジがあった。その仕草がいかにも捜査一課らしく鼻についた。

地域課係員が言った。

「捜査車両っすか。そりゃ、どうも……」

菅井と苅田は無言で車を下りる。

萩尾は、地域課係員に尋ねた。

「林崎係長は？」

「中にいると思います」

「荒らされたって？」

「ええ。とにかく中をご覧になってください」

「わかった」

萩尾と秋穂は連れだって門から玄関への道を歩いた。菅井と苅田がついてくる。

菅井の声が背後から聞こえた。

「思ったほど大きなお屋敷じゃないな」

萩尾は振り向かずに言った。

「渋谷の松濤だぞ。それを考えりゃ、こんな庭があるだけでもたいしたもんだよ」

なにせ、都内の超一等地なのだ。

「なるほど」

菅井はそう言ったきり、口を閉じた。

玄関には、私服の捜査員がいた。

「三課の萩尾だけど」

そう声をかけると、捜査員の一人が言った。

「係長は中にいます」

萩尾はうなずき、靴を脱いで進んだ。リビングルームにやってきて出入り口で立ち止まった。

中の様子が、昨夜とは一変していた。昨日座っていたソファの表面は切り刻まれ、詰め物がはみ出していた。戸棚の戸はすべて開いており、引き出しは引き抜かれてひっくり返されている。

その部屋の中央に、林崎係長と五十代くらいの女性がいた。その女性は、おそらく家政婦の横山春江だろうと、萩尾は思った。

彼女は、呆然と部屋の様子を眺めている。林崎係長が萩尾に気づいてうなずきかけた。

「よう。ご覧のとおりだ。あ、まだ鑑識が入っていないから、気をつけてくれ」

萩尾は室内には入らず、鑑識の作業が済むのを待つことにした。戸口から林崎係長に尋ねる。

「荒らされたのに気づいたのはいつのことだ？」

「横山さんが、発見された」

そう言われて、横の女性が萩尾のほうを見た。やっぱり彼女が横山春江だった。

萩尾は言った。

「警視庁捜査三課の萩尾です。屋敷に来て気づいたということですね？」

横山春江がこたえた。

「そうです」

「それは何時頃のことですか？」

「九時です。鍵を開けて家に入ると、この有様だったので、びっくりしました。すぐに警察に通報しました」

林崎係長が補足説明した。

「最寄りの交番の地域課係員が駆けつけたのが、九時十分。すぐに無線で俺たちに知らせがあり、俺がその十分後に駆けつけた。そして、すぐに猪野係長に電話をした」

萩尾は林崎係長に尋ねた。

「館脇さんは？」

その問いにこたえたのは横山春江だった。

「私が来たときには姿が見えませんでした。会社に行かれたか、あるいは昨夜はどこかに泊まられたのかもしれません」

「どこかに泊まった……？」

萩尾は眉をひそめて言った。「昨夜は十時頃までここで私たちといっしょだったんですよ」

「別に不思議はありませんよ。夜中に出かけてそのまま帰らないこともありますから……」

「特定の方のところにお泊まりなんですか？」

つまり、誰かと付き合っているのかという質問だ。

横山春江は、すました顔でこたえた。

「さあ。私は旦那様の私生活には干渉しませんから」

林崎係長が言った。

「館脇さんとは連絡が取れた。今、こちらに向かっているはずだから、昨夜どこにいたのか、本人に訊くといい」

萩尾はうなずいた。

「そうします」

背後から菅井の声がした。

「自宅が荒らされたとなると、身の危険というのもあながち嘘じゃなさそうだな」

萩尾は振り向いた。

「実は、俺も半信半疑だったんだけど、これで本気になったよ」

秋穂が萩尾に言った。

「屋敷を荒らしたのは、何者でしょう」

「さあな……。心当たりがないか、館脇さんに訊いてみようじゃないか」

それから、萩尾は再び林崎係長のほうを向いて言った。

「荒らされたのはリビングルームだけか？」

「書斎の陳列棚は鍵がかかっているので、荒らされていない。だが、鍵のかかっていない引き出しなどは荒らされていた」

「見てもいいか？」

「ああ、もちろん」

萩尾は書斎に移動した。秋穂がついてきた。やや遅れて菅井と苅田もやってきた。

ここもまだ鑑識が入っていないので、廊下から中の様子をうかがうだけにした。萩尾は秋穂に言った。

「陳列棚にあるものには興味がなかったということだろうか……」

秋穂はうなずいた。

「眼に見えている物には興味がなく、何かを探していた様子ですね」

「ああ。リビングの様子からも、明らかに何かを探していたんだな」

菅井が言った。

「犯人は目的のものを見つけたと思うか？」

萩尾はかぶりを振った。

「いや、見つけてないな」

「どうしてわかるんだ？」

「部屋中をひっくり返していただろう？　何か見つけたのなら、あそこまで徹底的に探す必要はないだろう」

「なるほど、見つからないからああいう状態になったと……」

「盗みの現場ってのはそういうもんだ。金目のものがすぐに見つかった現場ってのはきれいなもんだ。被害者がしばらく気づかないことさえある」

そのとき、玄関のほうで声がした。

「家が荒らされたって、どういうことだ？」

館脇の声だった。

萩尾は秋穂と顔を見合わせてから、声がしたほうに向かった。

廊下で館脇と林崎係長が話をしていた。館脇は萩尾に気づいて言った。

「これはどういうことなんだ？」

萩尾は言った。

「こちらがそれをうかがいたいんです」

「とにかくどうなっているのか見せてくれ」

林崎係長が言った。

「もうじき鑑識が来ます。その作業が終わるまで待ってください」

「自分の家なのに、様子を見ることもできないのか」

萩尾は館脇に言った。

「大切な手がかりや証拠が台無しになりますよ」

館脇は何か言いたそうにしていたが、結局何も言わなかった。

林崎係長が言ったとおり、ほどなく渋谷署の鑑識係が到着した。すぐに現場の保存の作業を開始する。

記録や証拠品の採取が終わるまで小一時間だろう。鑑識以外の全員がその作業の終了を待つことになる。

館脇は廊下で横山春江から話を聞いている。思ったより落ち着いて見える。萩尾は、彼に近づいた。秋穂がぴたりとついてくる。

萩尾は館脇に尋ねた。

「会社においでだったのですか？」

館脇はかぶりを振った。

「いや。まだ会社には行ってないよ」

「では、どこから……」

「それ、言わなきゃだめなの？」

「できれば……」

「彼女の家にいたんだよ」

六十男が彼女……。萩尾は、ちょっと驚いた。だが、考えてみればそれほど驚くことでもないのかもしれない。

「そういえば、結婚したことがないということでしたね」

「そう。俺、結婚は向いていないと思っているから……」

結婚というのは向き不向きの問題なのだろうか。萩尾はそんなことを思いながらさらに尋ねた。

「昨夜、私たちと話をした後、どうなさいました？」

「だから、彼女のところに行ったんだよ」

「その方のお名前と住所を教えていただけますか？」

「それ、教えなきゃならないの？　マスコミすら知らないんだよ」

館脇はそう言ったが、真剣に抗議しているという感じではなかった。明らかに照れているのだ。その辺が、どうにも憎めない不思議な人物だと、萩尾は思っていた。

「すいませんね。そういうこと、ちゃんと確認しておかないと、係長とかに怒鳴られるもんで」

「そっかあ……。ハギさんが怒鳴られるの、かわいそうだな」

ハギさんと呼ばれて驚いた。それに気づいた様子で、館脇が言った。

「あ、そう呼んじゃダメだった？　みんなそう呼んでいるみたいだから……」

館脇の前で誰かそう呼んだだろうか。記憶になかったが、館脇が知っているのだから、そうなのだろう。萩尾は言った。

「いや、もちろんハギさんでいいですよ」

「八尾美沙《やおみさ》って言うんだ」

「は……？」

「彼女だよ。八尾美沙。八尾は八尾市の八尾、美沙のミは美しい。サはサンズイに少ない。住所は渋谷区代官山町三の……」

彼はマンションの名前を言った。

秋穂がメモを取っている。萩尾がさらに尋ねた。

「昨夜、私たちが引きあげた後、そこに出かけたのですね。そして、お泊まりになった……」

「そう」

「そして、今までそこにいらしたわけですね？」

「そうだよ。美沙が証言してくれる。彼女の証言じゃ不足だというのなら、石神君に訊いてくれればいい」

「石神……？　いっしょだったんですか？」

「マンションの外で張り込んでいた」

「ボディーガードの役までやるんですね」

「そうだな」

「その石神さんはどこにいます？」

「外にいるよ。警官に関係者以外入るなと言われて」

萩尾は秋穂に言った。

「石神さんを入れてやってくれ」

秋穂はすぐに走って行った。

しばらくすると、彼女は石神を連れて戻って来た。彼は無表情だ。萩尾を見ても何も言わない。

何か質問すべきなのだが……。萩尾がそう思ったとき、林崎係長がやってきて告げた。

「鑑識作業が終わった」

9

萩尾はリビングルームに足を踏み入れた。秋穂がぴたりとついてくる。

林崎係長がそれに続く。

萩尾は改めて部屋の様子を眺めた。部屋の中央まで歩み出て四方を見回す。秋穂も同じように見ている。

菅井と苅田は部屋の中の、戸口近くに立っていた。彼らも部屋の中を見回していた。

萩尾は、ふと違和感を抱いた。

なんだか妙だな……。

だが、その違和感の正体が何なのかはわからなかった。

違和感の理由について考えていると、菅井が声をかけてきた。

「なんだ？　部屋の真ん中に突っ立ったままか。盗犯担当らしく、てきぱきと調べるべきところを調べたらどうだ？」

「そうだな……」

萩尾はそう言ったきり、また同じように部屋の中をゆっくり眺め回していた。

そこに館脇と石神がやってきた。

館脇が大きな声で言った。

「うわあ。何だこりゃあ……」

すぐ近くにいた菅井が言った。

「館脇さんですね」

館脇が菅井を見た。

「そうだけど？」

「捜査一課の菅井と言います。こっちは苅田」

「捜査一課？」

「そうです。身の危険を感じておられるということなので、お話をうかがおうと思いまして……」

「あ……」

館脇が萩尾のほうを見て言った。「ハギさん、ちゃんと話してくれたんだね」

萩尾は館脇を見た。

「ええ、もちろん話しましたよ」

「本気にしてくれていないんじゃないかと思っていたよ」

「これが、あなたを狙っている連中の仕業だと思いますか？」

館脇が怪訝そうな表情で言った。

「当然そう思うだろう」

「何かを探しているように見えるんですが、何だと思います?」

館脇は顔をしかめた。

「さあね。何にしても、ずいぶん派手にやってくれたもんだ」

萩尾はさらに質問した。

「何かなくなっているものに気づきませんか?」

「そう言われても、これじゃあなあ……」

何を盗まれたか気づかない窃盗の被害者は少なくない。普通は、他人に侵入されたことにショックを受け、それで頭の中がいっぱいになる。

何がなくなっているのか気づくのは、かなり冷静さを取り戻してからのことだ。

館脇は、それほどショックを受けているようには見えない。部屋を元通りにするには、かなりの手間と費用がかかるだろうが、彼にとってはどうということはないのだろう。

金持ちというのはそういうものだ。

「書斎のほうも荒らされているようです」

「行ってみよう」

館脇がリビングルームを出ていった。石神がいっしょだった。

萩尾は秋穂と共にそのあとを追った。

林崎、菅井、苅田の三人がやや遅れてついてきた。

書斎を覗き込んだ館脇が言った。

「ああ……。こっちは思ったより荒らされていなくてほっとしたよ」

「陳列棚が無事ですよね」

「ああ、そのようだな。棚には目的の物がなかったということだろうな」

萩尾は確認した。

「陳列棚からなくなったものはないんですね?」

「ああ。今回はね」

つまり、『ソロモンの指輪』が盗まれたことを言っているのだ。

「引き出しが引き抜かれていますが、何かなくなっているものはありますか?」

館脇がかぶりを振った。

「わからないな。ハギさんは、自宅の引き出しに何が入っているか、全部把握している?」

「さあて……。いや、全部は把握できていませんね」

「私も同じだよ。だからそういうことを訊かれてもこたえようがない」

「決まり切った質問なんです。ダメ元で訊いてみるんですよ」

館脇が陳列棚に眼を向けて言った。

「ここには手を触れていないようだね」

「『ソロモンの指輪』の他にも、値打ち物が陳列してあるんでしょう?」

「もちろんだ。前にも言ったが、楔形文字が刻まれているシュメールの粘土板など、かなりのものだ」

「ここを荒らした犯人は、その値打ち物には眼もくれていないように見えるのですが……」

「そうだな」

「犯人が何を探していたか、見当がつきませんか?」

館脇は困り果てた様子で言った。

「わからない。これから調べてみるよ」

館脇は、急に何かに気づいたように周囲を見回し、大声を上げた。「春江さん、春江さんはどこだ?」

すぐに横山春江が戸口にやってきて言った。「何です? 旦那様」

「何か盗まれた物はないか?」

「さあ……。ちゃんと調べてみないとわかりませんが、何も盗まれていないような気がします」

「犯人が何を探していたかわかるか?」

横山春江は、驚いた顔になった。

「私にわかるもんですか。旦那様ならおわかりになるんじゃないですか」

「家のことは、春江さんに任せているからなあ。俺は、鍋や釜がどこにあるのかもわからない」

「鍋釜なんてどうでもいいです。この陳列棚から何かなくなっていないんですか？」

「陳列棚には手を触れていないようだ」

館脇は引き抜かれてひっくり返されている引き出しに近づいて膝をついた。それから萩尾を見て言った。「触ってもいいかね？」

萩尾はこたえた。

「ええ。鑑識作業は終わっていますから、だいじょうぶです」

館脇は引き出しをよけて、床に散乱したものをつぶさに見ていった。

萩尾はその様子を黙って眺めていた。やがて、館脇が言った。

「おそらく、何も盗まれていないと思うが……」

菅井が萩尾に言った。

「侵入した犯人は、目的のものを見つけられずに出ていったということだな？」

萩尾は、館脇に尋ねた。

「セキュリティーはどうなっていたんです？」

館脇は肩をすくめた。

「出かけるときにセットしたと思うんだが……」

「確かですか？」

「習慣になっているから、間違いないと思うよ」

そのとき石神が言った。

「出かけるとき、俺が館脇さんに確認した」

その言葉を受けて、館脇が言った。

「あ、そうだった。石神君に言われてセットしたことを確認したから、間違いないよ」

萩尾は横山春江に尋ねた。

「朝、ここに来られたとき、セキュリティーはどうなっていました？」

「切れていました」

萩尾は再び館脇に尋ねる。

「警備会社から連絡はありましたか？」

館脇はかぶりを振る。

「いや、なかったな」

「セキュリティーをセットしたのに、警備会社から連絡もなく、朝には切れていた……。そいつは妙ですね」

「警備会社に訊いてみたらどうだ？　トーケイという会社だ」

萩尾はうなずいた。

「知っています。連絡を取ってみます」

会話を聞いていた秋穂が携帯電話を取り出すのを、萩尾は確認していた。トーケイに電話をするのだろう。

館脇が言った。

「侵入者がいたという警報を受けて、警備会社がセキュリティーをオフにしたんじゃないのか？」

萩尾はそれにこたえた。

「もしそうなら、警備会社から館脇さんのところに連絡がなければおかしいです」

「自宅に電話があったのかもしれない。私は留守にしていた」

横山春江が首を横に振った。

「留守番電話をチェックしましたが、着信はありませんでした」

そのとき、秋穂が言った。

「トーケイの久賀《くが》さんとつながっています」

彼女が差し出したスマートフォンを受け取る。

久賀良平《りょうへい》は株式会社トーケイの警備企画部の催事担当者だ。音川と知り合うことになった渋谷のデパートで起きた事件で彼とも知り合った。

「萩尾です。ご無沙汰してます」

「ああ、その節はどうも……。館脇邸の件だとか……」

「ええ。昨日、窃盗事件があったのはご存じですか？」

「知っています。歴史的な出土品か何かが盗まれたとか……」

「そして、昨夜から今日の未明にかけて、また侵入者がいたようです」

「侵入者……」

「警報が鳴れば、すぐにそちらの会社に知らせが行きますね」

「はい。こちらでもアラームが鳴ります」

「すると、契約者の方に電話連絡をするんですよね？」

「そうです。すぐに登録されている電話におかけします」

「しかし、館脇さんは電話を受けていないとおっしゃっています」

「電話を受けていない……。どういうことだろうな……」

久賀がつぶやくように言った。萩尾は確かめた。

「侵入者の警報があったら、必ず契約者に電話をして確認を取るんですね？」

「ええ、そうです」

「しかし、館脇さんの元に電話は来ていない。これはどういうことなんです？」

久賀が言った。

「調べてみます。折り返し電話してよろしいですか?」

「お願いします」

「では……」

萩尾は電話を切って、秋穂に返した。

そして、書斎の中を見回した。館脇はまだ床に散乱している、引き出しの中にあった物を調べている。

そのとき、再び違和感を覚えた。リビングルームにいたときと同じ感覚だった。萩尾はまた、その理由について考えはじめた。

いったいなぜ違和感があるのだろう……。

こういう現場は何度も見てきた。空き巣が物色した跡だ。今さら驚くような現場ではない。見慣れた現場と言っていい。だが、何かが変だ。

「よろしければ……」

菅井が苛立った様子で言った。「館脇さんにお話をうかがいたいんですがね」

しゃがんでいる館脇が顔を上げて、菅井を見た。

「何の話だ?」

「決まってるでしょう。誰かに狙われているという話です」

館脇が立ち上がった。

「その話はもうハギさんにしたよ」

「強行犯担当の我々があらためて話をうかがう必要があるんです」

館脇が萩尾を見て尋ねた。

「そうなのか？」

萩尾はこたえた。

「ええと……。そうですね。そうしたほうがいいと思います」

「そうか……。ハギさんがそう言うなら……」

それから彼は横山春江に言った。「リビングがあの有様だからな。どこで話をすればいいかな」

「応接室があるじゃないですか。何のための応接室ですか」

「ああ……。父がよく使っていた部屋だ。私はあまり使わないが……。そこに行こうか」

館脇が部屋の出入り口に向かう。戸口でふと立ち止まり、振り向くと言った。

「ハギさんも来てくれるんだろう？」

萩尾は菅井を見て言った。

「同席してもいいな？」

菅井がこたえた。

「好きにしてくれ」

応接室は思ったより狭かった。低いテーブルを中央に置き、それを黒い革張りのソファが取り囲んでいる。

二人掛けのソファと一人掛けのソファがそれぞれ二脚ある。つまり、六人が座れるということだ。

応接室には、館脇、石神、菅井、苅田、萩尾、秋穂の計六人がやってきたから、ソファの数と人数がちょうど合った。

館脇と石神が二人掛けのソファに座り、その向かい側にある同じ二人掛けに菅井と苅田が座った。

萩尾と秋穂は、やはりテーブルを挟むように置かれている一人掛けのソファに離れて座ることになった。

「さて……」

館脇が言った。「何が訊きたいんだ?」

菅井は鋭い眼差しを館脇に向けて言った。「誰があなたを狙っているのかをお訊きしたいんです」

館脇がどうこたえるか、萩尾も興味があった。『山の老人』や『暗殺教団』の話は音川から聞いたのだ。館脇がはっきりと、そういう連中に狙われていると言ったわけではない。

また、そう主張したところで、おそらく菅井は納得しないだろう。

館脇が言った。

「考古学的な遺品や出土品のコレクターが、不審な死に方をすることがよくある。いつしか、コレクターの間ではそれが『山の老人』や『暗殺教団』といった存在に関係しているのではないかと囁かれるようになった」

「『山の老人』や『暗殺教団』は伝説に過ぎないのではないですか?」

菅井にそう言われると、館脇は否定も肯定もせずにただ肩をすくめて言った。

「まあ、都市伝説みたいなもんかもしれないが、実際に妙な死に方をするんだ。事故に遭ったり、突然心臓発作を起こしたり……」

菅井は顔をしかめた。

「どうにも雲をつかむような話ですな」

「どうせ警察は信じてくれないだろうと思っていた。だから、こうして探偵を雇った。石神君は、『ソロモンの指輪』を盗んだ犯人を特定するだけじゃなくて、身辺警護も買って出てくれた」

菅井は石神に尋ねた。

「『山の老人』だとか『暗殺教団』だとかいうのを信じているのですか？」

石神はこたえた。

「それを信じるかどうかは問題じゃない。依頼人が危機感を抱いているのだから、それ相応の措置を取る」

「相応の措置」という言葉が、いかにも元警察官らしいと、萩尾は思った。

菅井が言った。

「たしかに、相手が何者かは別として、実際に盗難にあい、また部屋が荒らされました。こちらとしても、無視するわけにはいきません」

館脇が言った。

「それはありがたいお言葉だね」

それほどありがたがってはいない口調だった。

菅井が言う。

「盗難事件とは別に、我々としても部屋を荒らしたのが何者なのか調べてみることにします」

「よろしく頼むよ」

それを聞いて、萩尾は言った。

「みんなばらばらに捜査するんじゃ効率が悪い。追っかける犯人は同一なんだから、協力し合わないと」

菅井が萩尾に言った。

「わかったことは教えてもらう」

「一方通行というわけにはいかないよ。そっちの情報もくれないと……」

「わかってるよ」

本当にわかっているのだろうか。萩尾は疑問に思ったが、ここで追及するわけにはいかないと思った。

そのとき、携帯電話が振動する音が聞こえた。秋穂の携帯だった。

「トーケイの久賀さんです」

萩尾は秋穂に言った。

「出てくれ」

秋穂は電話に出ると、すぐに立ち上がり萩尾の席に近づいてきた。そして、電話を萩尾に差し出した。

「お電話代わりました。萩尾です」

「昨夜から今日未明にかけての記録を調べてみましたが、館脇邸で警報が鳴ったという知らせは届いていませんね」

「確かですか？」

「間違いありません」

「システムの故障とかの可能性は？」

「チェックしましたが、故障はしていません。侵入者があったのだとしたら、セキュリティーがセットされていなかったか、解除されたとしか思えませんね」

「わかりました」

「あの……」

「は？　何でしょう」

「今、萩尾さんたちは館脇邸にいらっしゃるそうですが……」

「はい」

「私もそちらにうかがおうと思うのですが、どうでしょう」

萩尾は一瞬考えてから言った。

「そうしていただければ、ありがたいです」

「では、これからすぐに向かいます」

「では、後ほど……」

萩尾は電話を切り、それを秋穂に手渡しながら考えていた。

館脇は家を出るときにセキュリティーをセットしたと言う。

横山春江は家に来たときには、セキュリティーはかかっていなかったと言っている。トーケイの久賀は、警報が鳴ったという知らせは届いていないと言った。これはどういうことなのだろう。

10

考え込んでいる萩尾に、館脇が言った。

「どうした？　トーケイが何だって？」

「侵入者の警報が鳴ると、自動的にトーケイに知らせが行くんですよね」

「ああ、そう聞いている」

「その知らせがなかったんだそうです」

「そうか。だから、電話が来なかったんだな」

「それがどういうことなのかわからなくて……」

館脇が肩をすくめる。

「警備会社など当てにならないということじゃないのか」

萩尾は言った。

「そんなはずはありません。トーケイの防犯システムは信頼性が高いのです」

「じゃあ、どうして侵入者があったのに役に立っていないんだ？」

「それがわからないんです。トーケイの久賀という人がここに向かっているので、あとで訊いてみようと思いますが……」

館脇が言った。

「調べておいてくれ。さて、これ以上話がないようなら、私は会社に行きたいんだが……」

菅井が言った。

「こんなことになっても、会社に行かれるのですか?」

館脇が言う。

「何があろうと、仕事は待ってはくれない。一瞬のチャンスを逃すことで、何千万も損をすることがある。ビジネスってのは、そういう世界なんだよ」

「じゃあ、我々もごいっしょさせていただきます」

菅井が言うと、館脇が笑顔になった。「石神君に加えて捜査一課の刑事が身辺警護をしてくれるのか? こいつは頼もしいな」

菅井が言う。

「申し訳ありませんが、警護をするわけじゃありません。会社でも聞き込みをさせていただきます」

「何にしても、刑事さんが近くにいてくれるのはありがたいよ」

萩尾は言った。

「じゃあ、俺たちはここの捜査を続ける」

菅井がうなずいた。

館脇たち四人が出ていくと、林崎係長が近づいてきて萩尾に言った。

「八尾美沙に確認が取れた。館脇さんは、間違いなく朝まで八尾さんの自宅マンションにいたそうだ」

「代官山だったな?」

「そう」

「正確な時間は?」

「午後十時半頃に来て、午前十時頃までいたってえことだ」

「そうか……」

館脇のアリバイが確認されたところで、萩尾は話題を変えた。

「指輪の盗難があったとき、防犯システムの警報は鳴らなかったんだったな」

「そうだ。そして今回も、だろうぜ」

「そういうことだ」

林崎が肩をすくめる。

「防犯装置なんて、切っちまえばそれまでだからな」

「だが、侵入者が切れるなら防犯装置の意味はない。そういう仕組みにはなっていないはずだ」

「そりゃそうだが、何事も抜け道がある」

「トーケイの久賀がこっちに向かっている」

「久賀か。元警察官だったな」

林崎も久賀のことは知っている。

「そう。彼が来たら、システムのことをいろいろ訊いてみようと思う」

林崎は時計を見た。

「じゃあ、俺も署に戻るのは、久賀に会ってからにしよう」

彼が離れていくと、秋穂が萩尾に言った。

「さっき、何か考え込んでいましたよね？」

「応接室でか？　セキュリティーのことを考えていたんだ。どうしてトーケイに知らせが行かなかったのか……」

「その前のことです」

「その前……？」

「鑑識作業が終わって、リビングルームを見にいったとき……」

「ああ……」

こいつ、あなどれないな。萩尾はそう思いながらこたえた。「何だかわからないが、違和感があったんだ」

「ハギさんもですか……」

萩尾はちょっと意外に思って尋ねた。

「それは、おまえさんも同じだったたってことか？」

秋穂がうなずいた。

「そうなんです。何だか変だなって……」

「理由は何だと思う？」

「うーん……」

秋穂は、しばらく考えてから言った。「わざとらしいからかなあ……」

萩尾は、はっとした。

「それだ。リビングルームに戻ってみよう」

「はい」

二人がリビングルームに行くと、横山春江が両手を腰に当てて立っていた。

萩尾は彼女に声をかけた。

「ええと……。何をなさっているのですか？」

「何って……。どこから手を付けたらいいか考えているんですよ。こういうことは段取りが大切ですからね」

「つまり、片づけるということですか?」

「ええ。もう片づけていいと言われましたからね」

林崎係長が言ったのだろう。たしかに、鑑識作業が終わったのだから、いつまでも荒らされたままというわけにはいかないだろう。

萩尾は言った。

「段取りを考えているということは、まだ手を付けていないということですね?」

「ええ、まだです」

「ちょっと、待っていただけますか?」

「さっさと片づけちゃいたいんですけどね……」

「ほんのちょっとの間です」

春江は怪訝そうな顔で萩尾を見ながら言った。

「警察にそう言われたら、断れませんよ」

「すいません」

萩尾は部屋のほぼ中央に歩み出て、周囲を見回した。

一見、何かを探した跡のように見える。そして、菅井に言ったように、目的のものが見つからないので、部屋中をひっくり返す結果になった状態のようだ。

しかし、秋穂が言ったように、たしかにわざとらしい。明らかにやり過ぎの部分が眼についてきた。

秋穂が言った。

「ほら、あの引き出し。ただ中身を床にぶちまけたように見えませんか？　何か探すなら、中に何が入っているか、まず物色するでしょう？」

「そうだな。全体にただ散らかしただけ、というふうに見えてきた」

「侵入犯は、何かを探そうとしたんじゃなくて、ただ散らかすだけが目的だったのかもしれませんよ」

「つまり……」

萩尾は言った。「徹底的に家探ししたように見せかけるのが目的か……」

「荒らされているのがリビングルームと書斎だけですね。本当に何か探していたのなら、別の部屋も荒らされているはずです」

「林崎を呼んできてくれ」

「わかりました」

秋穂はリビングルームを出ていき、すぐに林崎を連れて戻ってきた。

林崎係長が言った。

「どうした？」

「この家探しは、フェイクかもしれない」

「フェイク……?」

「いかにも何かを探したように見せかけているだけのように感じる」

林崎があらためて部屋の中を見回した。そして、かぶりを振った。

「そう言われると、そう見えてくるが、俺には何とも言えないな……」

部屋の隅に移動して萩尾たちの様子をずっと見ていた春江が言った。

「フェイクってどういうことです。犯人は何かを探すために侵入したんじゃないんですか?」

萩尾は言った。

「本当に何かを探しているのなら、こんなに徹底的に荒らす必要はないと思います。ソファが刃物で切り裂かれていますが、その切れ目もあまりに不規則です」

春江は戸惑ったように言う。

「慌てていると、こういうふうになるんじゃないですか?」

「慌てている……?」

萩尾は思わず聞き返した。「なぜ犯人が慌てていると思ったのですか?」

「そりゃあ、人の家に侵入しているんだから、緊張しているし、いつ人が戻ってくるかわからないから急いでいるんじゃないですか」

「素人ならそうですがね……」

「素人なら……？　侵入したのが素人でないと、どうしてわかるんです？」

「侵入経路がわからないんです」

「どういうことです？」

「素人が他人の家に侵入しようとしたら、必ず何かを壊します。窓ガラスとか、ドアの鍵穴とか……。しかし、前回、指輪を盗まれたときも、今回もそういう形跡がまったくない。これは、高度な技術を持ったプロの仕業か、あるいは……」

「あるいは……？」

「この家に出入りできる者の犯行ということです」

春江は押し黙った。何かをしきりに考えている様子だ。この家に出入りできる者ということは、顔見知りの可能性が高い。誰が犯人かを考えているのかもしれない。

春江が何も言わないので、萩尾は林崎に言った。

「この部屋全体の写真は撮ったか？」

「当然、鑑識が撮っていると思うが……」

「確認してくれ。重要なことかもしれない」

「わかった」

林崎は、萩尾から離れて電話を取り出した。

代わりに秋穂が近づいてきて萩尾に言った。

「侵入経路のことですが……」

「何だ？」

「セキュリティーのことを考え合わせると、この家に自由に出入りできる者の犯行という可能性が高いですね」

そのとき、林崎係長が萩尾に言った。

「鑑識に確認した。部屋の状況は最初に写真を撮ったそうだ」

萩尾はうなずいてから言った。

「前回の窃盗のとき、陳列棚を開けられる者については聞いたが、この家の鍵を持っているのは誰かは聞いていなかった」

「陳列棚と同じだ。館脇さん、秘書の雨森夕子、そして、あそこにいる横山春江さんだ」

「トーケイはどうだ？」

「警備会社が鍵まで預かるかな……」

「それも久賀に訊いてみよう。それで……」

萩尾はさらに声を落とした。「家の鍵を持っている雨森夕子と横山さんのアリバイは……？」

「どちらも自宅にいたと言っている。二人とも一人暮らしだが……」

「誰か証明してくれる人は？」

「いない。本気で知りたいのなら、スマホを調べればどこにいたかわかるが……。それには令状がいるぞ」

正確にはスマホの本体というより、アプリなどに残っている位置情報を調べるということだ。

「本人の了承が得られれば令状の必要はない」

「訊いてみるよ」

戸口に地域課の係員が顔を見せて告げた。

「警備会社の久賀さんて方がお見えですが……」

萩尾は言った。

「通してくれ」

しばらくすると、トーケイの久賀がリビングルームにやってきた。

「どうも、ご無沙汰してます」

久賀は警察ＯＢで、萩尾より年上だ。たしか五十歳だということだ。こういう場合、先輩風を吹かせるやつもいるが、久賀はそうではなかった。相手が年下の警察官でも、敬語を使う。

萩尾は言った。

「さっそくですが、いくつか確認させてください。セキュリティーがセットされた状態で、何者かが侵入しようとしたら、まず警報が鳴りますね？」

「そうです。この屋敷内に設置された警報が鳴ります」

「同時に、トーケイに知らせが行くのですね？」

「はい。防犯センターのアラームが鳴り、モニターに契約者名、所在地、電話番号が表示されます。そこで、オペレーターがすぐさま登録されている番号に電話をかけます」

「昨夜から今日の未明にかけては、そのアラームが鳴らず、モニターの表示もなかったということですね？」

「両方ともありませんでした」

「もう一度確認しますが、システムが故障していたというようなことは？」

「ありません」

「しかし……」

萩尾は部屋の中を見回して言った。「屋敷内はこのありさまなんです」

「防犯装置をセットしてある戸口とか窓が開いたりすると、警報が鳴ることになっています。しかし、防犯装置がついていない場所から侵入されると、警報は鳴りません。それがシステムの盲点とも言えるのですが……」

「どこから侵入したかわからないのです」

「わからない……？」

「つまり、侵入した形跡が見つからないということです」

「では、鍵を使ってドアを開け、専用のキーを使ってセキュリティーを解除したと考えるのが普通ですね」

「鍵を持っているのは、館脇さんご本人と秘書、そして、家政婦だけです」

萩尾は、相変わらず部屋の隅でたたずんでいる春江を見ながら言った。久賀もそちらを見た。

そして、彼は言った。

「廊下に出ましょうか」

萩尾はうなずき、戸口に向かった。部屋を出るときに、振り向いて春江に言った。

「お待たせしてすいません。もう少しだけ待ってください」

春江は、ふんと溜め息をついてから、もう一度部屋の中を見回した。

久賀とともに廊下に出ると、秋穂と林崎係長もついてきた。

久賀が言った。

「たしかに、その三人が部屋を荒らしたとは考えにくいですね。しかし……」

彼は戸口のほうを見た。春江のことを気にしているのだろう。「考えようによっては、三人とも可能性がありますよ」

久賀は警察官の眼になっていると、萩尾は感じた。

「ほう。それはどういうことです？」

「秘書だって、金に困ったり魔が差せば、屋敷に侵入することはあり得るでしょう。家政婦だって同様です」

「舘脇さんご本人の場合は？」

「自作自演ですね」

「何のために……」

「盗難保険が目当てとか……」

萩尾と林崎係長は顔を見合わせた。林崎は久賀の言葉を認めていないような顔をしている。萩尾も同様だった。

かぶりを振って、萩尾は言った。

「話はもっと複雑な気がします」

「複雑……？」

「部屋は荒らされていましたが、犯人が本当に何かを探していたかどうか、ちょっと疑問に思っているんです」

「疑問に思っている？」

「うちの武田がね、わざとらしいと言うのですよ」

「荒らし方がですか？」

「ええ。あたかも何かを探したように見せかけていますが、実は何も探していない……。そんなふうに見えるんです」

「私は、先日の盗難事件も含めて言ったつもりですが……」

「つまり、指輪を盗んだのが、秘書や家政婦だってこともあり得るということですか？」

「そして、館脇さんの自作自演も……」

萩尾は、その可能性について本気で考えてみた。

「渋谷署の調べでは、秘書も家政婦も怪しいところはないというのですが……」

「まあ、捜査のことには口出しはしませんよ」

萩尾は話題を変えた。

「トーケイでは、警備対象者の自宅の鍵などを預かっているのですか？」

久賀の顔色が変わった。

「わが社の従業員を疑っているのですか？」

「いえ、そういうわけではありません。いちおう確認しなければならないのです」

「いざというときのためにお預かりしていますが、鍵はきわめて厳重に管理されています」

「しかし、その鍵が利用された可能性はゼロではありませんね」

その萩尾の問いに、久賀はすぐにはこたえようとしなかった。

11

　久賀が言った。

「当社でお預かりしている鍵の管理はきわめて厳しいのです。二重三重のチェックがあるので、簡単に持ち出すことはできません」

　萩尾は言った。

「そうでしょうね。ご存じだと思いますが、我々はあらゆる可能性を考慮しなければなりませんので……」

「ええ、わかっていますよ。ですからね、理解していただきたいんですよ。クライアントからお預かりしている鍵を、会社の誰かが勝手に持ち出すなんてことは不可能なんです」

「具体的にはどういう管理をしているのですか？」

「もし、警備担当者などが鍵を必要とするとき、物理的に封印されたビニールの袋を破かなければなりません。そのビニールの袋は最低でも二名の保管係が常にチェックしており、さらに、上司がその報告を確認しています」

「たしかに、勝手に持ち出すことは無理のようですね。館脇さんの鍵は持ち出されていないんですね?」

「システムのチェックをしたときに、当然それも確認しておきました。ビニール袋の封印は破かれていませんでした。つまり、誰も鍵を使用していないということです」

萩尾はうなずいた。

トーケイの社員が侵入したという可能性は排除していいと思った。第一、警備保障会社がクライアントの自宅に侵入して窃盗を働いたり、部屋を荒らしたりするはずがない。万が一そんなことをして、それがばれたら、会社の信頼は失墜する。会社としてもそういう不祥事は全力で防ごうとするだろう。

「よくわかりました。では、他の可能性を検討することにしましょう。鍵を使って侵入し、専用のキーを使って防犯装置を解除したという可能性が一番高いとお考えなのですね?」

「無理に侵入した痕跡がないのであれば、そう考えるしかないでしょう。どこかをこじ開けようとしたら、必ずその痕跡が残るはずです」

「そうですね。鑑識からもそういう痕跡の報告はありませんし、私たちが見ても侵入経路はわかりませんでした」

「だったら、普通に鍵を開けて入ったということだと思いますよ」

萩尾は考え込んだ。

林崎が言った。

「……ということは、やはり鍵と防犯装置の解除キーを持っている三人が被疑者ということになるのか……。やはり、秘書の雨森夕子と家政婦の横山春江のアリバイを、改めて確認する必要があるな……」

そのとき、秋穂が発言した。

「もしかしたら、もう一人、犯行可能な人物がいるかもしれません」

萩尾は尋ねた。

「犯行可能な人物？　誰だ？」

「私立探偵の石神です」

林崎が言った。

「いやあ、石神は鍵を持っている人物のリストには入っていなかったぞ」

「当初のリストには入っていなかったかもしれませんが、その後合い鍵を受け取った可能性があると思います」

萩尾は言った。

「でも、問題は防犯装置だぞ。専用のキーがなければ解除できないんだ」

「館脇さんの性格を考えたら、石神さんに解除キーを渡すと思いませんか？」

館脇の性格……。

萩尾は少々戸惑った。秋穂は、すでに館脇の性格を把握しているということだろうか。萩尾はまだ彼がどういう人物かつかみきれずにいる。

林崎が言った。

「それも、館脇さんに確認を取らないとな……」

久賀が言った。

「とにかく、契約いただいておきながら、こういうことが起きたのですから、責任を感じます」

警備保障会社も万能ではない。契約しないよりは、はるかにましであることは明らかだ。だが、それを解除する方法がある限り、全面的に信頼することはできない。

そのとき、春江が近づいてきて言った。

「まだ片づけを始めちゃいけませんか?」

萩尾はこたえた。

「お待たせしてすいませんでした。始めていただいてけっこうです」

部屋に戻った春江は、床に散らばったものを片づけはじめた。

林崎が言った。

「俺はいったん署に戻るが、ハギさんはどうする?」

「俺はもう少しここにいることにする」

「わかった。じゃあな……」

林崎は館脇邸を出ていった。

久賀が言った。

「私は念のため、この家の装置をチェックしてきます」

萩尾はこたえた。

「わかりました」

久賀が防犯装置のパネルを操作するために、再びリビングルームに入っていった。

二人きりになると、秋穂が言った。

「そもそも、部屋を荒らした犯人の狙いは何だったんでしょうね」

「そうだな……。いろいろと考えられる。まず、本当に何かを探していたとしたら、その場合は何を探していたのかが問題だ」

「でも、本当に探し物があったとは思えません」

「おまえさんの言うとおりだと思う。犯人は探した振りをしたんだ。じゃあ、何のためにそんなことをしたのか……」

「館脇さんに対する警告かもしれません」

「彼が言うとおり、誰かが館脇さんを狙っているということか？」

「ええ」

「本当に狙っているのだとしたら、警告なんて必要ないだろう。留守の部屋などに侵入せずに本人を襲撃していたはずだ」

「そのつもりで侵入したのかもしれませんよ。でも、入ってみたら、館脇さんは留守だった……」

「そうか。八尾美沙のマンションに泊まっていたんだったな……。しかし……」

「しかし……？」

「そうなると、襲撃しようとしたやつが、ここの鍵とセキュリティー解除のキーを持っていたことになる」

「うーん……。雨森夕子や横山春江には、襲撃は無理でしょうねぇ……」

「その二人が『山の老人』や『暗殺教団』と関係あるとは思えない」

秋穂は驚いたように萩尾を見た。

「なんだよ、何を驚いているんだ？」

「ハギさん、その話、信じているんですか？」

「俺が信じるかどうかは問題じゃない。そう証言している人がいるんだから、その真偽を確かめる必要がある」

「石神も同じようなことを言っていた気がします」

「彼も元警察官だからな。警察官というのはそういうもんだ」

「でも、『山の老人』や『暗殺教団』の話をするときの館脇さんや音川は、何だか怪しい気がします。あの二人、何かをごまかそうとしているみたいですよね」

秋穂はあなどれない。彼女の人を見る眼はなかなか鋭い。女性の勘などというと、最近はセクハラになるようだが、事実、嘘を見抜く能力において、男性は女性にかなわない気がする。

「それだよ」

萩尾は言った。「館脇さんは盗難の被害者だ。何も隠すことなどないはずだ」

「盗まれた『ソロモンの指輪』について、何か秘密があるということでしょうか……」

「どんなものでも、盗難は盗難だ。被害にあったことは間違いないんだから、嘘をついたりごまかしたりする必要なんてないだろう」

「自作自演なら、嘘をついていることになりますね」

「館脇さんと音川がグルだってことか？」

「盗難が発覚した日の夜、この屋敷の周囲をうろついている音川とばったり会ったんですよ。何だか怪しいじゃないですか」

「たしかにそうだが……」

「あいつ、贋作師なんだし……」

「先入観はいけない。罪を問うためには、確証が必要なんだ」

「でも、あの二人、絶対に何か隠してますよ」

「それを聞き出すのが、俺たちの仕事だ」

「それに、石神もなんだか怪しいし……」

「石神が怪しい……？　その根拠は？」

「何を考えているかわからないじゃないですか」

「たしかに、そういうところはあるが……」

「なんだか警察に反感を持っているようだし」

「警察官時代に何があったのか、訊こうと思っていながら、それっきりになっているな」

「ちゃんと調べたほうがいいと思います」

「そう言えば、おまえさん、石神が部屋を荒らした可能性もあると言っていたな」

「はい」

「さっきおまえさんは、警告のために部屋を荒らしたかもしれないと言った。石神には警告する理由なんてないだろう」

「もし、石神が犯人なら理由は警告じゃなかったと思いますよ」

「じゃあ、理由は何だ？」

「館脇さんの危機感を煽り、自分の存在をアピールするためじゃないですか。そうすれば、料金をつり上げることもできるでしょう」

萩尾はしばらく考えて言った。

「実際に、料金交渉などをしていたとしたら、その話は信憑性《しんぴょう》を持ってくるが……。いずれにしろ、確認が必要だ。石神が館脇から鍵と防犯装置の解除キーを預かっていたかどうか……」

そのとき、久賀が戻って来て言った。

「防犯装置については異常ありません」

萩尾は質問した。

「では、やはり侵入者に解除されたということですね?」

久賀は曖昧に首を傾げた。

「解除したのは侵入者とは限りません。防犯装置をセットし忘れたということもあり得るのです」

「それについては、館脇さんご自身が、たしかにセットしたと言っています。私立探偵の石神に言われてセットしたと……」

「それが本当だとは、誰にも言い切れませんよね」

そう言えば、石神はセットするように館脇に声をかけたが、それを確認したかどうかについては何も言わなかった。

疑いはじめればきりがない。それでも疑わなければならない。だから警察官は一般人から嫌われるのだと、萩尾は思った。

「それに……」

久賀が言った。「館脇さんは間違いなくセットしたかもしれませんが、誰かが解除し、そのままになっていたところに、侵入があったと考えることもできます」

萩尾はかぶりを振った。

「それだと、侵入経路の問題があります。犯人は鍵を使ったらしい。やはり、侵入者が鍵と防犯装置の解除キーの両方を持っていたと考えるのが自然だと思います」

久賀がうなずいた。

「おそらく、そういうことでしょうね……」

「防犯装置の解除キーは合計で何本あるのです?」

「館脇さんにお渡ししているのは、三本です」

それを、本人と雨森夕子と横山春江の三人が持っていたということだ。

「他にはないのですね?」

「追加をご希望のクライアントには、有償でお作りしますが、館脇さんからはそういう申し入れはありませんでした。ですから、館脇さんがお持ちのキーは三本だけです」

「そうですか。わかりました」

「では、私はこれで失礼します」

「ご足労いただき、申し訳ありませんでした」

「いえいえ」

久賀は笑顔を見せた。「私もかつてはサツカンでしたから……。いくらでも協力しますよ」


久賀が去っていくと、萩尾は言った。

「会社にいる菅井たちと合流しよう。館脇さんと石神に訊きたいことがある」

「はい」

春江に声をかけようと、リビングルームに行くと、驚いたことにすでに大半片づいていた。

彼女の家政婦としての実力はたいしたものだと、萩尾は思った。

「では、我々はこれで失礼します。何かあったら、すぐにご連絡ください」

「何かあったらって……。まだ何かあるんですか?」

「いえ、万が一の場合、という意味です」

「早く犯人を捕まえてくださいよ」

「努力します。では、失礼します」

萩尾と秋穂は、館脇邸を出ると、彼の会社である『タテワキ』に向かった。本社は、溜池と六本木の間に横たわる巨大な複合商業施設の中のオフィス棟にある。

かつては『館脇物産』という会社だったが、ＩＴ事業を始めた当代の館脇友久がコーポレートアイデンティティーで改名したということだ。

二人は渋谷駅から地下鉄銀座線で溜池山王まで行き、そこから歩いた。

秋穂がスマホの地図アプリを頼りに進む。萩尾はそれについていった。

『タテワキ』のあるエリアは、広大な敷地内に、レストラン、ホテル、住居、オフィスなどのビルが建ち並んでいる。動線がおそろしく悪く、どこを歩いているのかわからなくなる。

最近都内には、こういうエリアが増えていて、萩尾は情けなくなる。目的の場所にたどり着くのにおそろしく時間がかかるのだ。

人が集まり、村ができ、それが町になる。そうした自然の発展をした土地なら迷うことはほとんどない。だが、六本木をはじめとした都心部にできたこうした街は、人が暮らすためのものではない。

だから、歩いているとひどく疲れるし、必ず迷ってしまう。

東京がこんな街になっていくのなら、もう住みたくはないとさえ思ってしまう。

「あ、こっちです」

秋穂も迷っているようだ。ようやく『タテワキ』が入っているオフィス棟の入り口を見つけたらしい。

近代的なビルで、ロビーでもなぜか突き放されているような気分になる。決して居心地のいい場所ではない。

こんな施設のせいで、東京はどんどん嫌な街になっていく気がする。萩尾はそう思った。

『タテワキ』は思ったよりも小さな会社だった。ビルの中でワンフロアを占めているに過ぎず、なおかつフロア面積もそれほど広くなかった。

それでもちゃんと受付があった。制服を着た受付嬢が二人並んでいる。来意を告げると、すぐに館脇に取り次いでくれた。

社長室に通されたが、それは、オフィスを横切った先にあるガラス張りの部屋だった。

これも思ったより狭く、質素だった。

応接セットなどはなく、テーブルが置かれていて、椅子が六脚あった。

その部屋の奥に机があり、そこが館脇の席らしい。だが、そこに館脇の姿はなかった。

彼はテーブルに向かって仕事をしていた。

「ああ、ハギさん。何か用?」

「会社まで押しかけてきて、すいません」

「それはかまわないけど、話なら自宅で済ませればよかったのに……」

「館脇さんが会社にいらしてから、また、いろいろとうかがいたいことが出てきましてね……」

「まあ、どうぞ」

テーブルの周囲の椅子を勧められた。萩尾は館脇の向かい側に腰を下ろした。秋穂がその隣に座る。

「菅井たちは……？」

萩尾が尋ねると、館脇がこたえた。

「ああ、打ち合わせブースで、社員を調べてるよ」

「石神さんは？」

「菅井さんたちといっしょにいる。呼ぼうか？」

「ええ、お願いします」

館脇はインターホンで、石神を社長室に呼ぶようにと、誰かに指示した。たぶん、相手は秘書の雨森夕子だろうと思った。

萩尾は言った。

「もっと大きな会社を想像していたので、驚きました」

「父の代は、もっとずっと大きな会社だったんだ。商社だったからね。社員も大勢必要だった。でも、ネットでの仕事が主流になってからは、そんなに人数は必要ないから、ずいぶんと整理した」

簡単に「整理」と言ったが、それはなかなかたいへんな作業だったはずだ。人を減らすのは難しい。

だが、おそらく館脇はそういうことを断行できる人物なのだ。

石神が社長室にやってきた。予想外だったのは、菅井と苅田もいっしょだったことだ。

石神が萩尾を一瞥《いちべつ》してから、館脇に言った。

「何かご用でしょうか？」

「ああ、ハギさんが、用があると言うんだ」

菅井が萩尾に言った。

「用なら自宅にいるときに済ませればよかったじゃないか。俺たちがいるのに、わざわざ会社に来ることはない」

萩尾は言った。

「俺は、石神さんを呼んでもらったんだ。あんたらに来てくれと言った覚えはない」

「社長が石神さんに話があると聞いたんで、放っておけないと思ったんだ」

「まあいい。館脇さんと石神さんに、ちょっと訊きたいことがあったんだ」

そのとき、館脇が言った。

「どうして警察官は立ったまま話をしたがるんだ？　とにかく座ったらどうだ」

言われて、菅井たちもテーブルのそばにやってきた。館脇邸の応接室のときと同様に、今回も椅子は六脚。人数とぴったり合っていた。

12

「まず、うかがいたいのは……」

萩尾は切り出した。「石神さんは、館脇さんのご自宅の鍵をお持ちですか？」

館脇がこたえた。

「ああ。合い鍵を持ってもらってるよ」

萩尾は石神に尋ねた。

「いつも依頼人の鍵を預かるのですか？」

「ケースバイケースだな」

「鍵を預からないような場合もあるということですね？」

「当然だろう。浮気調査をするのに、自宅の鍵を預かる必要はない。今回は、身辺警護も引き受けた。だから、いざというときのために合い鍵を預かった」

「防犯装置の解除キーはどうです？」

館脇と石神は顔を見合わせた。

萩尾の顔に視線を移すと、館脇が言った。

「そこ、突っこんでくるとは思わなかったなあ。さすが警察だね」

「どうなんです？」

「たしかに、昨日、セキュリティーをセットした後、石神君に渡したよ。ちなみに、ハギさん、解除キーと言ったけど、このキーはセットするときも使うから、解除キーという言い方は正しくないね」

「じゃあ、何と言うんでしょう」

「防犯装置専用キーでいいんじゃない」

「なるほど、わかりました。では、その専用キーを石神さんに渡したのはなぜでしょう？」

館脇がこたえる。

「どうせしばらくいっしょに行動するんだから、彼に防犯装置のセットや解除を任せようと思ってね。俺、うっかり、セットし忘れたりするから……」

秋穂が尋ねた。

「大切な骨董品や出土品をあんなにたくさん展示しているのに、防犯装置のセットを忘れちゃうんですか？」

「忘れるよ」

館脇があっさりとこたえた。「どんなに忘れまいとしても、つい忘れてしまうのが人間だ。それに、防犯装置って意外に面倒なんだよ。誰かに任せられるなら任せてしまいたい」

萩尾は石神に尋ねた。

「それに間違いありませんね」

石神は無表情にうなずいた。

「間違いない」

「では、あなたは、昨夜館脇さんとお屋敷を出るときに、専用キーを受け取り、ずっと所持しているのですね？」

「そうだ」

「今もお持ちですか？」

石神はポケットから、細長いプラスティックの平たいスティックを取り出した。それが専用キーらしい。

萩尾はさらに尋ねた。

「八尾美沙さんのマンションの外で張り込みをしているときも、その専用キーをお持ちでしたね？」

「持っていた」

「張り込みは一人でやられるのですか？」

「昨夜は一人だった」

萩尾はうなずいた。

「わかりました。ありがとうございます。では、館脇さんにうかがいます」

「何だ?」

「契約後に、石神さんから、料金についての再交渉はありましたか?」

「料金の再交渉というか……。追加の仕事について料金の話をしたよ。つまり、当初は犯人捜しを依頼したのだが、身の危険を感じたので、身辺警護も頼んだんだ。そのときに改めて料金の話をした」

「交渉はまとまったんですね?」

「交渉ですらなかったな。石神君の料金設定は実に良心的だからね」

「わかりました。うかがいたいのは、それだけです」

「なんだ……」

館脇は肩透かしを食らったような顔になった。「たったそれだけのために、わざわざ会社に来たのか?」

「ええ、そうです」

「まあ、話が早く終わって、こっちは助かるがな……。なにせ、いくら時間があっても足りないんだ」

萩尾は立ち上がって言った。

「どうも、お忙しいところを、お邪魔しました」

館脇が書類に眼を戻して言った。

「ああ、いつでも来てよ」

萩尾と秋穂が社長室を出ると、それを菅井と苅田が追ってきた。菅井は萩尾を呼び止めると言った。

「あれ、どういうことだ?」

萩尾は周囲を見回した。社長室を出るとオフィスの中だった。

「ちょっと、外に出よう」

萩尾は廊下に出ると、菅井に言った。

「この武田が言いだしたことなんだが、石神にも部屋を荒らすことが可能だったということだ」

「石神にも……?」

「ああ。石神は館脇さんが泊まった八尾美沙のマンションを外から見張っていたと言っていた。だが、張り込みは一人でやったということだから、誰もそれを証明できない。もし、石神が部屋の鍵と防犯装置の専用キーを持っていれば、部屋を荒らすことは可能だったということになる」

菅井と苅田が顔を見合わせた。意味ありげな仕草だった。彼らは、石神を侵入の被疑者だと考えたのだろうか。

　萩尾は言った。

「あくまでも、理論上は可能だというだけのことだ。石神が怪しいと言っているわけじゃない」

「料金がどうの、と質問した意図は？」

「もし、石神が部屋を荒らしたのだとしたら、その理由について考えなきゃならない。館脇さんの危機感を煽れば、料金をつり上げることもできる。そう思ったんだが……」

　館脇は、石神の料金設定が「良心的」だと言っていた。ならば、金が動機とは考えにくい。

　菅井が言った。

「あの石神ってやつは、どうもいけ好かないと思っていたんだ。私立探偵だということだが、素性は？」

「元警察官だということだが、詳しいことは知らない」

　菅井が顔をしかめた。

「何だよ、ちゃんと洗っておけよ」

「館脇さんが雇った私立探偵だから、別に疑う理由はないと思っていたんだ」

「いいよ。こっちで洗っておく」

「あんたらが……？」

「当然だろう。おたくらは窃盗事件の捜査をしている。石神は、窃盗事件の後に雇われたんだろう？　それまで館脇とは無関係だったんだから、窃盗犯ではあり得ない。だが、部屋を荒らした犯人である可能性はあるわけだ。つまり、館脇に対する脅迫の被疑者にはなり得るわけだ」

「脅迫だって？」

「こっちだって何か罪状がなけりゃ捜査はできないんだ。館脇が命を狙われてると言っているんだから、脅迫事件ということでいいだろう」

刑事は、立件・起訴の目算がなければ捜査はできない。好き勝手に動けるわけではないのだ。

萩尾は言った。

「わかった。任せるよ。だがな……」

「何だ？」

「大切なことだから、重ねて言うが、理論的に、石神に侵入することが可能だったというだけのことで、彼が特に怪しいというわけじゃない」

「契約金の再交渉をしたわけだろう？」

「再交渉と言えるかどうか……」

「とにかく条件はそろっているんだ。洗ってみるよ」

菅井はそう言うと、オフィスの中に戻っていった。苅田がそれに続く。社員からの聴取を続けるのだろう。

秋穂が言った。

「私、余計なことを言っちゃいましたかね……」

「余計なこと？」

「石神にも、侵入して部屋を荒らすことは可能だったって……」

「別に余計なことじゃない。問題は、何が事実かちゃんと見極めることだ」

「菅井さんたちに、それができるでしょうか？」

「そう信じるしかないな」

「信じていない口ぶりですね」

萩尾は肩をすくめてから時計を見た。午後一時五十分だ。

「さて、昼飯にしようか。このへんで食えるところを探そう」

「隣にレストランのビルがありますよ」

「あまり行く気がしないな……。おまえさんは、おしゃれなレストランがいいんだろうな」

「そんなことないですよ。じゃあ、またそば屋でも探しますか？」

「そうしよう」

二人は歩きだした。


結局、地下鉄で虎ノ門まで行き、馴染《なじ》みのそば屋に入った。

食事を終えると、二人は警視庁本部に戻った。猪野係長が萩尾と秋穂の姿を見ると、すぐに彼らを席に呼んだ。

「どうなんだ？　館脇邸の様子は？」

萩尾がこたえた。

「たしかに、部屋を荒らされたような様子でしたね」

「何か盗まれたのか？」

「いえ。館脇さんも、家政婦の横山春江さんも、盗まれたものはなさそうだと言っています」

「犯人は物色しただけで何も盗らずに逃げたということか？」

「何かを探したように見えるんですが……」

「が……？」

「武田は、わざとらしいと言うのです。たしかに言われてみれば、そんなふうに見えました」

「わざとらしい……？　何かを探したように見せかけたというのか？」

「ええ。俺たちはそう思っています」

「誰が何のためにそんなことを……」

「指輪の盗難のときもそうでしたが、侵入経路がわかりませんでした。……ということは、通常使う出入り口から普通に侵入したということでしょう。玄関や裏口から鍵を使って侵入したのです。そして、どちらの場合も、防犯装置が作動しませんでした。トーケイによると、警報機能が解除されたのかもしれないということです。解除には専用キーが必要です。そして、出入り口の合い鍵と専用キーを持っているのは……」

猪野係長が、遮るように言った。

「館脇さん、秘書の雨森さん、そして、家政婦の横山さんの三人だろう？」

「そうです。さらに、私立探偵の石神が合い鍵を持っており、昨夜は防犯装置の専用キーも館脇さんから預かっていたということがわかりました」

「石神が……」

「彼は一人で張り込んでいたので、誰にも知られずに移動することができたはずです。それを菅井たちに知らせたら、彼らは石神を洗うと言っていました」

「それで……」

猪野係長は、じっと萩尾を見て尋ねた。「おまえさんは、どう思っているんだ？」

「クロかシロか、いずれの確証もありません」

「そういうことじゃないよ。ハギさんは、石神が犯人だと思うかい？」

「指輪の盗難に関してはシロでしょう。事件が起きるまで、館脇さんと石神は無関係だったはずですから……」

「無関係？　そう言い切れるのか？」

そう聞き返されて、萩尾は戸惑った。

「ええと……。その点はまだ確認が取れていませんが……」

「まあいい。屋敷に侵入して部屋を荒らした件についてはどうだ？」

「そちらの被疑者である可能性は否定しきれません」

「なんだよ、歯切れが悪いな」

「理論的に犯行が可能だというだけで、俺には石神がやったとは思えないんです」

「どうしてだ？」

「理由がないでしょう。石神は、館脇さんに雇われているんだから……」

そのとき、秋穂が言った。

「発言してよろしいですか？」

猪野係長がうなずく。

「何だ？　言ってみろ」

「犯行当時、家の鍵と防犯装置の専用キーの両方を持っていたと思われる人物は三人、つまり、雨森、横山、そして石神です。その中で、雨森、横山については、渋谷署盗犯係がすでに事情聴取をして、疑いはないということになっているはずです。消去法で残るのは石神だけです」

萩尾は言った。

「部屋を荒らした動機だが、考えられるのは、館脇さんの危機感を煽って契約金をつり上げる、というようなことだが、それについて、館脇さんが、石神の設定料金は『良心的』だと言っていた」

それについて、秋穂は反論しなかった。

猪野係長が言った。

「実行犯が誰か、ということより、誰が何の目的で窃盗や部屋荒らしをやったのかということが気になる」

萩尾はうなずいた。

「そうですね。部屋荒らしの犯人は、何を探していたのか、あるいは、何を探していたように見せかけたのか……」

「『ソロモンの指輪』じゃないですか?」

萩尾は眉をひそめて秋穂を見た。

「おまえさん、何言ってるんだ。『ソロモンの指輪』は、すでに盗まれているんだぞ」

「それはダミーで、本物はまだ館脇さんが持っている……。そういうことなんじゃないですか?」

萩尾は考え込んだ。

「もし、部屋荒らしの犯人が、本当に何かを探していたんだとしたら、その話は成立するな。けど、犯人はおそらく何かを探したように見せかけたんだ」

「そうですね。でも、その場合は、盗まれた指輪はダミーだという筋書きで、本物がまだ館脇邸にあると世間に思わせるのが目的だったということも考えられるでしょう」

「ダミーだという筋書き……」

「そうです。そもそもが、『ソロモンの指輪』の話自体が本当なのかどうか怪しいのですが、盗まれたのがダミーということになれば、あたかも本物があるような感じがするじゃないですか」

たしかに盗まれたのがダミーだとしたら、じゃあ本物はどこにある、という話になる。

「しかし、本物なんてあるんだろうか……」

猪野係長が言った。

「忘れちゃいないだろうな。本物であろうがなかろうが、盗まれたことは事実なんだ。そしてその訴えがあったら事件になる。盗まれた物に値打ちがあろうがなかろうが、窃盗犯は捕まえなくちゃならない」

萩尾はこたえた。

「わかっています。必ず犯人は挙げますよ」

猪野係長がうなずいた。

「それで、館脇さんの命が狙われているという話は……」

「いちおう、菅井たちが調べてくれていますが……？」

「そうか……。まあ、脅迫だの傷害だのという話は、捜査一課に任せるしかないがな……」

「しかし、こっちが手綱を引き締める必要があると思います」

「そうだな。その辺も頼んだぞ」

「了解です」

萩尾は礼をして席に戻った。そして、秋穂に言った。

「今のうちに日報を書いておいたほうがいい」

「わかりました」

秋穂はパソコンを立ち上げて、作業を始めた。昔は、用箋に手書きで報告をまとめたものだ。警察官は字が達者な者が多い。

用箋にきれいな字で書かれた報告書や録取書は、見ていて気持ちがよかった。今ではパソコン画面の書式に活字で書き込んでいくだけだ。何となく味気ない。

そういえば、取り調べの調書だけで泣かせる名文家もいたという話を聞いたことがある。

世の中、進歩するのはいいことだ。だが、萩尾は時折、淋しくなる。

秋穂がキーを叩く姿をぼんやり眺めていると、同じ係の者が近づいてきて、萩尾に言った。

「石神って、ハギさんが扱っている事案の関係者だよね？」

「ああ。石神がどうした？」

「捜査一課に身柄を引っ張られたよ」

「何だって……」

萩尾は思わずそう言ってから、秋穂を見ていた。秋穂も萩尾を見返していた。

13

猪野係長が萩尾を呼んだ。今の話が聞こえたようだ。

萩尾はすぐに係長席に行く。秋穂もいっしょだ。猪野係長が言った。

「ハギさんや。一課が石神を引っ張ったって？　どうなってるんだ？」

「俺にもわかりません。俺が菅井に訊いてみたいんですが……」

「いいだろう。俺が菅井んとこの係長に電話しておく。強行犯第三だな？」

「はい、そうです」

猪野係長が受話器に手を伸ばすのを見て、萩尾はその場を離れた。秋穂とともに捜査一課に向かう。

秋穂が言った。

「任意同行ですよね」

「わからんが、まあそうだろうな」

「話なら、館脇の会社で聞けるのに、どうして身柄を引っ張る必要があったんでしょう？」

「俺もそれを考えているところだ」

強行犯第三係の島にやってきたが、菅井と苅田の姿はない。萩尾は、近くにいた係員に尋ねた。

「菅井に会いたいんだが……」

「ああ……。誰かを引っ張ってきて、今取調室にいますよ」

「どこの取調室だい？」

「さあ……。刑総に聞いてください」

そうすることにした。刑事総務課に行き、菅井たちがどこの取調室を使っているか尋ねた。すぐ近くの部屋だった。

ドアの窓に三層になった独特の形の黒いカーテンがかかっている。萩尾はそのカーテンをめくって中の様子を見た。

ドアのほうに背中を向けているのが、菅井だ。記録席には苅田がいる。

机の向こうにいて、こちらを向いているのは、間違いなく石神だった。石神は無表情だが、明らかに気分を害している様子だ。

萩尾はノックした。

苅田が席を立って、ドアに近づいてきた。彼はドアを開けると言った。

「何です？　取り調べの最中ですよ」

刑事なら誰でも、取り調べがどれくらいデリケートなものか知っているはずだ。苅田は、それを邪魔することを責めているのだ。

萩尾は言った。

「理由を説明してくれ」

苅田は眉をひそめる。

「理由……？　何の理由です？」

「石神の身柄を引っ張った理由だ」

「そんなことを、三課にいちいち説明する必要はありませんよ」

「必要があるかないかは知らないが、俺は理由を知りたいんだよ」

「もともとはそっちの事案ですよ。だから、何もかもご承知のはずでしょう」

「いや、わからないな」

「とにかく、邪魔しないでください」

「邪魔をする気はないよ。ただね、あんたも今言ったようにね、もともとはこちらの事案だったんだ。だから、黙ってはいられないよ」

「今はこっちの事案です。脅迫と住居侵入に加えて器物損壊ですからね」

「だが、任意同行なんだろう？」

苅田が顔をしかめた。そのとき、菅井が戸口にやってきて言った。

「何をごちゃごちゃやってるんだ」

萩尾は菅井に言った。

「石神を引っ張った理由を知りたいと言ってるんだ」

菅井は言った。

「三課は引っ込んでてくれ」

「その言い草はないだろう。俺たちの事案でもあるんだ」

「いや、脅迫や住居侵入に関してはうちの事案だ。そのために俺たちに声をかけたんだろう」

「知らせておく必要があるとは思ったがね……」

「とにかく、俺たちに任せてくれ」

「だから、そういうわけにはいかないと言ってるんだ。せめて、俺たちにも話を聞かせてくれ」

菅井はむっとした顔で、廊下に出て来た。そして、取調室のドアを閉めた。苅田も彼に押し出されるような形で廊下に出ていた。

「いいか。脅迫の罪なんだし、住居に侵入して部屋を荒らしたというのは、俺たちの事案なんだよ。今さらあんたらにあれこれ言われる筋合いじゃないんだ」

「あれこれ言いたいわけじゃない。石神の身柄を引っ張った根拠と、それに対する石神本人の言い分を聞きたいと言っているだけだ。これはまっとうな要求だと思うがね……」

菅井は腹立たしげな表情のまま考えていた。そのとき、取調室のドアが開いた。

戸口に石神が立っていた。

「用が済んだのなら、俺は帰る」

菅井がそれにこたえた。

「用はまだ済んじゃいない」

「あんたの話を聞く限りでは、俺を引き止める正当な理由があるとは思えない。だから、帰らせてもらう」

「まだ用が済んではいないと言ってるだろう」

「こっちには用はない」

「今帰すわけにはいかないんだよ」

「任意同行だというから同意した。つまり、俺はいつでも好きなときに帰れるということだ」

「任意だって、俺たちが帰っていいと言うまで帰れないんだよ」

石神は、ひたと菅井を見つめた。菅井は、その眼差しにたじろいだように言った。

「何だよ、その眼は……。何か言いたいことがあるのか?」

「恥を知るんだな」

「なんだと……」

「令状もないのに、そういうことを強制できないことは知っているはずだ。俺をこのまま拘束するのは違法だぞ。逮捕・監禁の罪であんたを訴えてもいい」

菅井が舌打ちした。

「元サツカンだったたな。だったら知ってるだろう。令状なしで身柄を引っ張ってきて拘束することは珍しくないが、訴えられることなんかないって……」

「そういうのが違法捜査だという自覚もないんだな」

石神は笑みを浮かべた。それは明らかに嘲笑《ちょうしょう》だったので、菅井はますます腹を立てた様子だった。

「そういう態度だと、やっぱり帰すわけにはいかないな」

「俺は帰る。それが認められないというのなら、弁護士を呼んでもらおう。俺が契約している弁護士の連絡先を言う」

「ああ、おまえが反省して態度を改めたら弁護士でも何でも呼んでやるよ」

「俺を反省させるために、何をやるんだ？　術科の道場に連れていって音を上げるまで柔道技で投げるか？　だが、俺は音を上げたりはしない」

「どうかな……。自分の先輩が怖くて上司に泣きついたような弱虫が、どれくらいもつか試してみるか」

石神が笑みを消し去った。菅井を見据えたが、その眼には激しい怒りが見て取れた。萩尾は秋穂と顔を見合わせた。秋穂はすっかりあきれた顔だった。萩尾も同じ気分だった。

萩尾は言った。

「いい加減にしてくれ。石神さんが言うとおり、令状がないんじゃ、引き止めることはできないよ」

菅井が萩尾に言った。

「だから、ドロ刑は黙ってろって言ってるだろう」

その口調は激しかった。石神に対する怒りを自分にぶつけているのだろうと、萩尾は思った。

そんなのに付き合う必要はない。

「何か知ってるんだね？」

萩尾が尋ねると、菅井は虚を衝かれたように目を丸くした。

「何だって……？」

「石神さんのことだよ。先輩がどうのこうのって……」

「ああ……。こいつが警察を辞めた理由を調べてみたんだ」

石神は怒りの表情のまま言った。

「不当に拘束しようとした挙げ句に、事実をねじ曲げる。相変わらず、警察はそんなやつばかりだ」

萩尾は言った。

「そいつは聞き捨てならないね。警察官は、そんなつもりで仕事をしているわけじゃないんだよ」

石神は萩尾のほうを見なかった。そして、何もこたえない。

萩尾はさらに言った。

「このまま帰るのは構わない。だが、よかったら、俺にも話を聞かせてもらえないかね？」

「ふざけんなよ」

菅井が言った。「俺たちからこいつの身柄を取り上げようってのか」

萩尾は菅井を見た。

「そんなつもりはない。石神さんがそっちの事情聴取にこれ以上応じないと言ってるんだから、今度は俺たちの番だと言っているだけだ」

「だーかーらー」

菅井が再び声を荒らげる。「こっちの話は終わってねえって言ってるだろう」

萩尾はその大声を、柳に風とやり過ごす。

「それは石神さん次第だな」

頭を冷やしてから事情聴取をやり直したほうがいい。そう思ったが、それは言わないでおくことにした。火に油を注ぐことはない。

石神が言った。

「このまま放免にしてくれないというのなら、三課と話をしたほうがよさそうだな。盗難の件で協力関係にあることだし……」

菅井が何か言う前に、萩尾は言った。

「決まりですね。じゃあ、いっしょに来てください」

萩尾が歩き出すと、背後から菅井の声が聞こえた。

「このままじゃ済まんぞ。覚えていろ」

石神に言っているのか、自分に言っているのか、萩尾にはわからなかった。おそらく、両方に、だろう。

萩尾は振り返らずに、その場を歩き去った。石神と秋穂が無言でそれに続いた。

盗犯捜査第五係の島にやってくると、萩尾は空いている椅子を、自分の席の近くに持ってきて、それに石神を座らせた。

萩尾が椅子に腰を下ろすと、秋穂も自分の席に座った。

「なんで一課に引っ張られることになったのか、説明してもらえますか?」

「説明するも何も……」

石神は不機嫌そうだが、いつもむっつりとしているので、特別に機嫌が悪いというわけでもなさそうだ。「突然、いっしょに来いと言われたんだ」

「何かあったわけじゃないんですね?」

「俺は何もしていない。もっとも、気に入らないやつに疑いをかけるというのは、警察がよくやることだ」

萩尾は溜め息をついた。

「あなたは、ずいぶんと警察を悪く思っているようだが、それも偏見かもしれませんよ」

「俺は経験をもとに言ってるんだ」

「菅井が言ってましたね。先輩がどうのって……。差し支えなければ、そのへんの事情を教えてもらえませんか?」

「なぜそんなことを話す必要があるんだ? 捜査には関係ないだろう」

「いっしょに捜査している人がどういう人か、知りたいと思うのは、別に不自然じゃないでしょう」

「俺は別に、あんたのことを知りたいとは思わない」

萩尾は肩をすくめた。

「私のことなんてどうでもいいです。どうせ、たいした刑事じゃない。菅井が言ったようにただのドロ刑ですよ」

石神はしばらく考えている様子だった。

彼はやがて言った。

「警察というのは、ペアを組む相手で居心地がよくも悪くもなる。そうだろう」

「まあ、そうだろうね」

萩尾はそう言いながら、隣の席にいる秋穂のことを意識していた。彼女は、萩尾と組んでどう思っているだろう。

今萩尾は、秋穂に背を向けているので、彼女の表情を見ることはできなかった。

石神の言葉が続いた。

「俺が刑事になったとき、組んだ相手は最悪だった。自白を取れる刑事がいい刑事。そう信じている、愚かなやつだった」

「被疑者を落とせる刑事は、いい刑事ですよ。それは間違っちゃいない」

「やっていようがいまいが、おかまいなしに吐かせようとするんだ。そのためには手段を選ばなかった。術科の道場とか、な」

先ほども石神が言ったことだ。

相手が堅気ではなく、なおかつ反抗的な場合は、捜査員の当たりもきつくなる。道場に連れていって、柔道技で投げたり、腹を殴ったり蹴ったりするようなことも、昔はやったようだ。

萩尾は実際には見たことはない。だが、そういうことをやったという話は聞いたことがある。

石神の先輩は、そういうことをやったということだろう。

「あなたは、それが嫌だったというわけですか？」

「先輩のやり方か？　いや、こんなもんなんだろうって思っていた。あるとき、チンピラ同士の抗争事件があって、一人の若者をしょっぴいた。俺はそいつが、事件とは関係ないと思っていた。先輩はそいつを徹底的に締め上げた。やりたい放題だったよ。さすがに俺はやばいと思って先輩を止めようとした。すると、俺も殴られたよ」

萩尾はかぶりを振った。

「警察というところは、上に逆らっちゃいけないからな」

「結局、その若者は事件とは関わりないということがわかった。そんなことが続いた。そして、ついにその先輩は冤罪《えんざい》事件を起こす。無実の人間から自白を引き出し、送検しちまったんだ。無実が証明されて、その若者は釈放されたんだが、その先輩には何の処分もなかった。俺は、上司に質問したよ。どうしてだってね。すると、俺が訓戒処分を食らった。納得出来ないと言うと、今度は減給処分だ。俺はそういう警察の体質にほとほと嫌気がさして辞めたんだ」

我慢が足りなかったんじゃないか。警察官は異動する。次の職場は快適でやり甲斐《がい》があったかもしれない。

萩尾がそんなことを考えていると、秋穂が言った。

「それは、運が悪かったですね」

石神は、萩尾の肩越しに秋穂を見て言った。

「運が悪かっただと……」

「そうですよ。警察官はあなたの先輩のような人ばかりじゃない。たまたまそんな先輩に当たったのは、不運としか言いようがないじゃないですか。でも、運が悪かったせいで警察全体を怨《うら》まれちゃたまんないわ」

「ふん」

石神が言った。「さっきの菅井という刑事は、かつての先輩と似たような刑事だと思うがな……」

「あんなやつを警察の代表だと思わないでください」

萩尾は秋穂のほうを見て言った。

「こら。目上の者に、あんなやつという言い方はやめないか」

「でも、みんなが菅井みたいなやつじゃないんですよ」

「呼び捨てもやめろ」

石神が萩尾に言った。

「昔話が聞きたかったのか？」

萩尾はこたえた。

「そうじゃありません。私は謝らなくてはならないかもしれないんです」

「謝る……？」

石神は眉をひそめた。「俺に謝るということか？」

萩尾はうなずいた。

「菅井たちがあんたを引っ張った原因を作ったのは、私かもしれないんです」

石神が説明を求めるように、萩尾を見つめた。萩尾は言った。

「館脇邸に侵入して部屋を荒らした犯人は、家の鍵と防犯装置の専用キーを持っていた可能性が高い。トーケイの社員によると、専用キーは三つです。つまり、三人に犯行の可能性があるということです」

石神がうなずいた。

「家政婦の横山春江、秘書の雨森夕子、そして……」

「館脇氏から専用キーを預かっていたあなたです」

「俺は一人で張り込みをしていたから、アリバイを証明する者もいない……。そういうわけだな」

「あくまでも、可能性としてあなたの名前を挙げただけなのです。それを菅井たちは拡大解釈したのかもしれません」

「あの……」

秋穂が言った。「それを言いだしたのは、実は私なんです……」

石神は秋穂を見てから、萩尾に視線を戻した。

「それで、正直なところどうなんだ?」

萩尾は聞き返した。

「どう、というと……?」

「俺が犯人だと思っているのか?」

萩尾は首を傾げた。

「わからないんです」

「わからない……?」

「横山春江も雨森夕子も、館脇氏とごく近しい間柄です。身内と言ってもいい。だから、こんな事件を起こすはずはないと、普通は考えるでしょう。実際に、渋谷署の盗犯係が窃盗事件後、すぐに二人から話を聞いています。そして、怪しいところはないと結論を出しているのです」

「一つだけ確かなことがある」

「何です?」

「俺は犯人じゃない」

萩尾は肩をすくめた。

「窃盗事件が起きた後で、館脇氏があなたを雇ったのです。ですから、あなたが窃盗事件の犯人とは思えません。しかし、部屋を荒らした件はどうでしょうね」

「やっていないことを証明できないと言いたいのだろう」

「ええ、今のところは……」

「じゃあ、やったことを証明できるのか?」

萩尾はかぶりを振った。

「いや、残念ながら……」

「当然だ。俺はやっていないのだからな」

「それが証明できないと、面倒なことになるかもしれません」

その萩尾の言葉に、石神は表情を曇らせた。

「面倒なこと……?」

萩尾はうなずいた。

「菅井は、このままじゃ済まないと言っていました。必ず何かを仕掛けてきますよ」

14

　石神は不敵な笑みを浮かべた。

「別に何を仕掛けてきても、どうということはない。俺は先輩のおかげで、刑事の手口を知り尽くしているからな」

「理想としては、今回の事件の全容を解明して、真犯人を挙げることなんですがね……」

「俺はそのように努力しているつもりだ」

「さきほど、あなたはおっしゃいましたよね。三課とは協力関係にあるって……。ならばひとつ、このあたりでこれまでにわかったことを共有しませんか」

　石神は肩をすくめた。

「あんたが今言ったことがすべてだと思う」

「つまり、被疑者として考えられるのは、横山春江、雨森夕子、そしてあなたの三人ということですね」

「二つの事件をごっちゃにしちゃいけない。『ソロモンの指輪』を盗んだ犯人と、部屋を荒らした犯人が同一とは限らない」

萩尾はしばらく考えてから言った。

「部屋を荒らした理由について考えてみたんです。侵入犯は何かを探した様子でした。盗難にあった家に侵入して何かを探す。これはどういうことだろうと……」

「値打ちものが盗難にあったということを知った何者かが、自分も高価なものを手に入れようとしたんじゃないのか？」

「だったら、何かを盗んだはずです。実際、館脇氏の書斎には、けっこうな値打ちものが陳列されているんです。でも、部屋を荒らした犯人は、それには見向きもしていません。明らかに何か特定のものを探していたように見えるのです」

「どういうことだろうな……」

「そこで、私たちは考えました。実は盗まれた『ソロモンの指輪』は偽物だったのではないか、と……」

「偽物……？」

「そうです。それに気づいた窃盗の犯人が、本物を探しに侵入したと考えたわけです」

「筋は通るな」

「でも、あの家探しはフェイクだと思うのです」

「フェイク……？」

「それを言いだしたのは、この武田です」

それを受けて、秋穂が言った。

「一目見て、なんだか嘘くさいって思ったんですよね」

石神が聞き返した。

「嘘くさい……？」

「そう。わざとらしいというか……。本当に何かを探したのなら、ああいうふうにはならないと思うんです。何と言うか、もっと秩序があるというか……」

石神が説明を求めるように萩尾を見た。

萩尾は言った。

「言われて私も気づきました。たしかにそのとおりだ、と……。我々は盗犯専門の刑事です。盗みの手口を熟知しています。現場を見ただけで、盗人《ぬすっと》の気持ちがわかるんです。でも、あの現場を見ても意図がよくわからなかった。つまり、何かを盗もうという意思が伝わってこなかったんです」

「つまり、目的もなく部屋を荒らしたのだということか？」

それにこたえたのは、秋穂だった。

「目的はあったと思います。何かを探したように見せかける、という目的が」

「探したように見せかける？　何のために……？」

萩尾は言った。

「私たちは、それを訊きたいのです」

「俺に訊いてもわかるはずがない。俺が部屋を荒らしたわけじゃないんだ」

秋穂が言った。

「まだ疑いが晴れたわけじゃないんですけどね」

「勝手に疑っていればいい。だが、それは時間の無駄だぞ」

秋穂がさらに言った。

「じゃあ、探偵らしく推理してくださいよ」

「推理？」

「そう。何かを探したように見せかける理由は何か……」

石神が黙り込んだ。

考えているのかもしれないと、萩尾は思った。ならば邪魔をしないほうがいい。秋穂も同様のことを考えたに違いない。口を閉じたままだった。おかげで、しばらく沈黙が続いた。

やがて、石神が言った。

「その理由を俺が推理すれば、事情を知っていたということにして逮捕するんじゃないのか？」

秋穂がこたえた。

「私たちを菅井といっしょにしないで」

「呼び捨てはやめろと言っただろう」

萩尾は秋穂に注意してから、続けて言った。「正直に言って、私は今、藁《わら》にもすがりたい気持ちなんですよ。だから、協力してくれるあなたを逮捕しようなんて、これっぽっちも考えていませんよ」

「菅井は逮捕したがっているようだな」

するとと秋穂が言った。

「だから、私たちを味方につけておいたほうがいいんじゃないですか」

石神はしばらく無言で秋穂を見ていた。

萩尾は気づいた。彼が何も言わずに誰かの顔を見ているときは、何かを考えているのだ。相手の顔を見ながら考える。それが彼の癖なのだ。

それをやられると、相手は落ち着かない気分になる。

秋穂もそのようだ。気まずそうに萩尾のほうを見た。

おまえさんは、何も間違ったことは言っていない。そう言ってやろうと思ったとき、石神が言った。

「警察官が私立探偵の味方というのは、ちょっと妙じゃないか」

「別に妙じゃないと思いますよ」

秋穂が言った。「私たち、協力し合っているんだし……」

そのとき、萩尾の携帯電話が振動した。登録していない番号だった。

「はい、萩尾」

「あ、ハギさん？　俺、俺」

「館脇さんですか？　どこで私のケータイの番号を……？」

「何言ってんの。名刺くれたじゃない」

そうだった。名刺に携帯電話の番号も書き入れたのだ。

「どうかしましたか？」

「石神君だけどさ。警察が連れて行ったきりなんだよね。どうしているか知らない？」

「ハギさんの目の前にいますよ」

「今、私の目の前に？　彼、逮捕されたの？」

「いや、そういうわけじゃありません。今、いろいろと話し合っていまして……」

「話し合っている？　何を？」

「もちろん、事件のことを、です」

「俺もそれに加わりたいところだけどね。なにせ、忙しくて」

「館脇さんがいらっしゃるには及びません」

「逮捕されたわけじゃないんなら、石神君を帰してほしいんだよね。身辺警護を続けてほしいから……。夕方から出かける用事があるんだ」

「出かけるのは何時の予定ですか？」

「六時には会社を出たい」

萩尾は時計を見た。午後四時になるところだった。

「わかりました。それまでには、会社に着けるようにします」

「頼んだよ」

電話が切れた。

萩尾は石神に言った。

「館脇さんからです。早くあなたを帰してほしいと……」

「この拘束は、明らかな業務妨害だぞ」

萩尾は言った。

「菅井たちとは違って、私らはあなたを拘束しているわけじゃありません」

「じゃあ、帰っていいんだな？」

萩尾はうなずいた。

「どうぞ、お帰りください」

石神が立ち上がった。

萩尾は付け加えるように言った。

「この武田が言ったことを忘れないでください」

「彼女が言ったこと……？」

「私たちを味方につけておいたほうがいい」

石神は、しばらく萩尾の顔を見ていた。

やがて彼は言った。

「考えておく」

石神が去ると、秋穂が言った。

「たった一人の先輩のせいで、警察全部を憎むなんて、歪《ゆが》んでますね」

「だが、石神の気持ちもわからんではないな……」

ほとんどの警察官が正義感を持ち、世の中をよくしようと思って職務に励んでいる。

だが、全国の警察官と警察職員合わせて約二十九万人、そのすべてがそうとは限らない。

中には質《たち》の悪い者もいる。萩尾も経験上、そのことは否定できなかった。

「石神さんが犯人ですかね？」

秋穂の話題はころころ変わる。

「部屋を荒らした侵入犯か？」

「ええ」

「本人は否定している」

「たいていの犯人がそうじゃないですか」

「だが……」

萩尾はしばらく考えた。「石神は犯人じゃないと思う」

「じゃあ、犯人は横山春江か雨森夕子……」

「うーん。どうもぴんと来ないんだよなあ……」

「ぴんと来ない？」

「そう。横山春江にしても、雨森夕子にしても、部屋を荒らす動機がないように思う」

「窃盗のほうはどうです？　少なくとも雨森夕子は、『ソロモンの指輪』のことは知っていたし、それを手に入れるのに、館脇さんが大金を投じたということも知っていました」

「だとしても、二人が館脇さんから何かを盗もうとするだろうか」

「人間、金に困れば何でもしますよ」

萩尾は驚いて秋穂の顔を見た。

「おまえさん、本気でそんなこと思っているのか？」

「貧すれば鈍すって言うじゃないですか。普段いくら立派なことを言っていても、金がなくなって追い詰められれば人は変わります」

「横山春江も雨森夕子も、別に金に困っているわけじゃなさそうだ。そんな事実があれば、渋谷署が何か言うはずだ」

「確認する必要があるんじゃないですか？」

「確認……？」

「渋谷署に、です。彼らだって、訊かれないことはしゃべらないでしょうし」

「林崎係長は、隠し事をするような人じゃないよ」

「単に言い忘れたということもあります」

萩尾は、ちょっと気になってきた。

携帯電話を取り出すと、林崎係長にかけた。

「はい、林崎。ハギさんか？」

「ちょっと確認したいことがある」

「何でえ？」

「横山春江と雨森夕子の聴取についてだ」

「ああ」

「二人のどちらかが、金に困っていたというようなことはないか？」

「今さら、何言ってんでえ。そういうことは、真っ先に調べるんだよ。何もないから報告しなかったんじゃねえか」

「確認しておかなければ気が済まない性分なんだよ。二人とも、別に金に困っていたわけじゃないんだね？」

「そんなことはねえよ」

「金銭的なトラブルもないんだな？」

「ねえ。だからこそ、二人はシロだと言ったんだ」

「本当にシロなのか？」

「何だって……」

電話の向こうで林崎がむっとした声を出した。

「別に、おたくの調べを疑っているわけじゃないんだ。俺も、あの二人はシロだと思っている。だがな、彼女らが犯人の条件に当てはまることは事実なんだ」

「何でえ、その犯人の条件ってのは」

「館脇邸の鍵と、防犯装置の専用キーの両方を持っていたことだ」

しばらく沈黙があった。

電話が切れたのかと思った。

「もしもし、聞こえてるか？」

「ああ、聞こえてるさ。防犯装置の専用キーはもう一つあったな」

「そう。窃盗事件のときは、館脇さんが持っていた。部屋を荒らされたときは、探偵の石神が持っていた」

「石神が……」

「それで、石神は一課に引っ張られた」

「一課？　何でまた……」

「窃盗事件は俺たちの仕事だが、何者かが侵入して部屋を荒らしたとなれば、一課に知らせておく必要があると思った」

「律儀だな。そんな必要ないだろう。関連した事案であることは間違いないんだ」

「待てよ。関連していると言い切れるのか？」

「当然だろう。部屋が荒らされたのは、窃盗事件の当日、あるいは翌日のことだ」

「それだけで関連ありと断言はできない」

「ハギさんが慎重なのは百も承知だがね、わざと言ってるだろう。ハギさんだって、この二つの事案は関連していると思っているんだろう」

「まあ、そう思うのが自然だろうな」

「窃盗事件のときは、館脇が自宅の鍵と防犯装置のキーを持っていたわけだな」

「当然、そういうことだな」

「じゃあ、彼が犯人という仮定も成り立つわけだ」

「自作自演か……。それも考えないではなかったがな……」

「部屋荒らしは、館脇が石神にやらせたという可能性もある」

「どうかな……」

「横山春江や雨森夕子はシロだと思っているんだろう？　なら残るは館脇本人だけじゃないか」

「理屈ではそういうことになるが……」

「なんだ、煮え切らないな」

「わからないんだ。理屈では、被疑者は三人に絞られている。だけど、その三人にはぴんと来ないんだよ」

「犯人は、その三人の他にいるということか？」

「それはどうかな……」

「トーケイの社員やあの美術館で働いているキュレーターはどうなんだ？」

「トーケイは除外していいと思う」

「じゃあ、キュレーターは？」

「そうだなあ……。館脇さんと音川は何か隠し事をしているように思えるのは確かなんだが……」

「隠し事をしている？　何を隠しているんだ？」

「それはわからない。わかったら、隠し事じゃない」

「そりゃそうだな。どういう方面の隠し事なんだ？」

「『ソロモンの指輪』の盗難に関して、館脇さんは、『山の老人』や『暗殺教団』が恐ろしいので、その事実を秘匿《ひとく》したいと言った。音川も、『ソロモンの指輪』にまつわる話や『山の老人』の話なんかをしてくれた。でも、うちの武田が、なんだかはぐらかされているような気がすると言うんだ」

「つまり、『ソロモンの指輪』について、彼らは何か隠し事をしているかもしれないということだね?」

「その可能性はあると思う」

「『ソロモンの指輪』なんて話は真っ赤な嘘なんじゃないのか?」

「嘘……?」

「そう。実は何も盗まれていないのかもしれない」

「館脇さんの狂言だと……?」

「だとしたら、横山春江や雨森夕子にぴんと来ないのも理解できる。二人とも犯人じゃないんだからな」

萩尾は考えた。萩尾がしゃべらないので、林崎が言った。

「他になんかあるかい?」

「いや……。また連絡する」

「ああ」

萩尾は電話を切ると、秋穂に言った。

「横山も雨森も金には困っていないようだ。金銭トラブルもない」

「そうですか……」

「林崎係長がな、館脇さんの狂言じゃないかと言っていた」

「あ……」

秋穂が目を丸くした。「それってあり得ますよね」

「しかし、狂言だとしたら何のために……」

「それは本人にしかわかりませんね。あの人、絶対に何か隠し事をしてますし……」

そのとき、菅井と苅田が近づいてくるのが見えた。

また言い合いになるかもしれないと思うと、うんざりとした気分になった。

菅井が目の前にやってきたので、萩尾は尋ねた。

「何だ？　何か用か？」

「石神はどこだ？」

「帰ったよ。まだ用があるのか？」

菅井がこたえた。

「逮捕状を請求している。下り次第、やつを逮捕する」

その言葉に、萩尾は仰天していた。

15

「おい……」

萩尾は、菅井に言った。「そいつは、いくらなんでも無茶じゃないか」

「何が無茶だ。他人の家に侵入して部屋を荒らしたというのは、決して軽い罪じゃない。それに、館脇は命を狙われていると証言しているんだろう？　石神が命を狙っているのかもしれない」

「石神が館脇さんの命を狙う理由がない」

「それは、本人にしゃべってもらう」

萩尾はかぶりを振った。

「逮捕となれば、身柄を取って事情を聞くのとは違う。社会的な影響も大きい。後で、間違いでした、じゃ済まないぞ」

「余計なお世話だ」

「よく裁判官が、そんな請求を受理したな……」

「そんな請求って、どういうことだ」

「いいから、今から請求を取り下げたほうがいい」

「ふざけんなよ。受理された逮捕状の請求をなんで取り下げなけりゃならないんだ」

「それが捜査一課のやり方か」

「そうだよ。三課みたいに、甘っちょろくはないんだ。石神はどこにいる？」

「帰ったと言っただろう。どこに行ったかは知らない」

萩尾は嘘を言った。石神が『タテワキ』に向かったことは明らかだ。だが、それを菅井に教えたくなかった。

言わなくても、菅井はすぐに突きとめるだろうが、それでも自分が教えるのは嫌だと、萩尾は思った。

ささやかな抵抗というやつだ。

「ふん……」

菅井が言った。「どうせ、私立探偵なんてろくなもんじゃない。反社会的勢力と似たようなもんだ。人に知られたくないネタを調べだして、恐喝でもやっているんだろう」

「そいつは、えらい偏見だな」

「実際にそういうやつらがいるんだよ」

「それじゃ、石神と同じだ」

「何だって？」

「石神は、警察官時代に、分別のない先輩と組まされたせいで、警察官がみんなその先輩みたいなやつだと思い込んでいる。あんたが、探偵なんてみんな同じだ、などと言ったら、同じ過ちを犯していることになる」

「そんなことはどうでもいい。石神を挙げて吐かせればいいんだ」

「まっとうな裁判官なら、逮捕状を発行しないと思う」

「条件さえ整っていれば、発行するよ。裁判官だって、余計な仕事を増やしたくはない。いちいち捜査員を呼びつけて、事情を聞こうとする律儀な裁判官なんていないさ」

それは菅井の言うとおりかもしれない。逮捕の要件はでっち上げでも、かなりの確率で通る。書類の体裁が整っていて、ある程度筋が通っていれば、裁判官はいちいち確認しないで、逮捕状を発行してしまう。

警察官のほうも、それに慣れてしまっているので、書類さえちゃんと埋めれば何とかなると思ってしまう。

そんないい加減なことで強制捜査が許可されていいのかと、一般の人は思うだろうが、警察や検察にとっては都合がいい。

そして、司法制度というのは、日本に限らずどこの国でも、捜査する側、取り締まる側に都合よくできているものだ。

だから、せめて誤認逮捕や冤罪はなくしたいと、萩尾は思う。被疑者を逮捕したら、あとはほぼ警察や検察の思うがままだ。よく『人質司法』と言われているように、検察はいくらでも勾留を延長できる。それが認められなければ、再逮捕という手もある。

萩尾がそうした強引な捜査を嫌うのは、やはり盗犯担当だからだろう。窃盗事件の被疑者は、たいていは常習犯であり、犯行を否認することが少ない。

送検・起訴が比較的円滑に進むのだ。その代わり、再犯率が高いのだが……。

殺人などの強行犯は、捜査も難航することがしばしばだし、被疑者を確保しても否認することが多い。勢い、捜査員のほうも強硬な手段を取るようになっていく。

「とにかく、逮捕したら……」

菅井が言った。「任意の事情聴取とは違うんだ。取り調べに口は出さないでくれ」

「そうはいかんよ」

萩尾がそう言ったが、菅井はそれを無視するように踵《きびす》を返した。苅田がふんと鼻で笑ってから菅井に続いた。

「何ですか、あれ……」

二人が出ていくと、秋穂が言った。「むかつきますね」

「菅井は菅井で一所懸命なんだよ」

猪野係長が呼ぶ声がしたので、萩尾は係長席に向かった。秋穂がついてくる。

猪野係長が言った。

「今のは、菅井と苅田だな?」

「ええ、そうです」

「何か揉《も》めていたようだが、やつらは何しに来たんだ？」

萩尾はこたえた。

「彼らは、石神の逮捕状を請求したそうです」

「石神……？」

「さっき、俺たちが席で話を聞いていた私立探偵です」

「ああ、館脇氏が雇った……」

「はい。侵入、損壊と脅迫で逮捕状を取ったということですが……」

「石神がやったのか？」

萩尾はかぶりを振った。

「俺はそうは思っていません」

「一課の勇み足か？」

「……というか、菅井の思い込みでしょうね」

「だったら、不起訴になるんじゃないのか」

「そうだといいんですが……」

「何だ？　何を気にしている？」

「石神は、警察官時代の嫌な思い出のせいで、警察にえらく批判的です。逮捕されることになったら、それに拍車がかかるだろうと思いましてね」

猪野係長があきれた顔で言った。

「ハギさんの心配するようなことじゃないだろう」

「ええ、それはまあ、そうなんですが……」

「そんなことより、真犯人を見つけることだ。そうすりゃ、石神の疑いも晴れるわけだろう？」

「そうですね」

「さっさと、ケリをつけてくれ」

「わかりました」

そうこたえるしかないと、萩尾は思った。


警視庁本部を出ると、萩尾は秋穂と共に再び『タテワキ』に向かった。やはり、石神のことが気になる。

館脇は、「六時には会社を出たい」と言っていたから、それにぎりぎり間に合うかもしれない。

地下鉄の中で、秋穂が言った。

「私たち、菅井に尾行されていませんよね」

「そんなことはないと思うが……」

萩尾はこたえた。「いちおう、俺も気をつけてはいるよ」

実際、萩尾は周囲に気を配っていた。刑事なのだから、尾行の心得はある。だからといって、尾行されているかどうかが、簡単にわかるわけではない。警戒するしかないのだ。

尾行されるより心配なのは、すでに菅井たちが『タテワキ』に行っており、石神を再び拘束しようとしているのではないかということだ。

受付で、館脇に会いたいと言うと、すぐに通してくれた。顔を覚えられていたようだ。

社長室に行くと、石神もいた。

館脇が言った。

「あれえ、ハギさん。また来たの？」

萩尾はこたえた。

「菅井から何か連絡はありませんでしたか？」

館脇がきょとんとした顔になった。

「菅井……？　ああ、捜査一課の刑事か。いや、連絡はないが……」

石神が言った。

「ついさっきまで話をしていたじゃないか。もう用はないはずだ」

萩尾がこたえた。

「実は、彼らがあなたへの逮捕状を請求したのです」

館脇が目を丸くする。

「逮捕状……？　何の容疑で逮捕するんだ？」

萩尾は、彼が邸宅の鍵と防犯装置の専用キーを預かっていたことで、侵入して部屋を荒らした容疑をかけられていることを説明した。

館脇が言った。

「ばかを言うな。その夜は、石神君は私の警護で代官山にいた」

「彼は一人で警護をしていたので、アリバイを証明する人がいないんです」

石神が言った。

「逮捕でも何でもするがいい」

「腹を立てるのはわかります。しかし、何もここで捕まるのを待っていることはないと思います」

「そりゃそうだ」

館脇が言う。「彼らが来る前に出かけよう」

彼は外出の用意を始めた。

石神が萩尾に言った。

「あんたのやっていることは、犯人隠避になるぞ」

それを聞いた館脇が言った。

「石神君とハギさんがいっしょに捕まるか。そりゃあ、いい」

萩尾は石神に言った。

「あなたを犯人だとは思っていません。だから、犯人隠避にはなりませんよ」

「その理屈は通らないだろう」

「何でもいいから、ここから離れてください」

その萩尾の言葉を受けて、館脇が言った。

「ハギさんの言うとおりだ。みすみす捕まることはない。濡れ衣を晴らすのにも、けっこう手間がかかるからな」

「それに……」

萩尾は言った。「石神さんが逮捕されたら、館脇さんを警護する者がいなくなります」

「いやあ、それはハギさんと武田さんにやってもらえばいいかな、と……」

「それは、私らの役目じゃありませんよ」

館脇がにっと笑みを浮かべてから言った。

「そう固いことを言わないでさ……。さて、石神君、出かけようか」

萩尾は言った。

「念のためにお尋ねしますが、この時間から、外でお仕事ですか？」

「いや、実は仕事じゃない」

「差し支えなければ、どこにお出かけか、お教えいただけますか？」

「音川君のところだよ。ハギさんたちもいっしょに来る？」

萩尾は思わず秋穂と顔を見合わせていた。

それから、館脇に視線を戻すと言った。

「ぜひ、ごいっしょさせていただきたいです」

「よし」

館脇が言った。「じゃあ、みんなで行こう」


運転手付きの館脇の車は、最近会社の役員車や公用車などに使用されることが多いミニバンで、四人が楽に乗ることができた。

石神が助手席、館脇がその後ろの席、さらにその後ろの席に、萩尾と秋穂が座った。

やがて車は、世田谷の美術館に到着した。すでに閉館している美術館の前で、音川が待っていた。石神が到着を知らせたらしい。

萩尾が車から下りると、音川が目を丸くした。

「おや、萩尾さんじゃないですか」

館脇が言った。

「ああ……。石神君が逮捕されそうだというんで、いっしょに来てもらった」

音川が怪訝そうな顔をする。

「おっしゃっていることがよくわかりませんが……。萩尾さんが逮捕するんじゃないんですか？」

「なんか、いろいろと複雑なことになっているらしい。石神君を捕まえようとしているのは、捜査一課なんだそうだ」

「はあ……。まあ、とにかく中へどうぞ」

通用口から美術館の中に案内された。人気のない施設の中は、ひんやりしていた。美術品を守るための空調のせいかもしれないが、美術品そのものが何か冷ややかさのようなものを発している気がする。

一行は、殺風景な部屋に案内された。安物の応接セットがあり、その脇にスチールデスクがある。音川がオフィスとして使っている部屋のようだ。

応接セットが安っぽいのは、そういうところまで予算が回らないからだろうと、萩尾は思った。

館脇は何のために音川に会いに来たのだろう。萩尾は早くそれが知りたかったが、口出しする立場ではないので、黙っていることにした。

音川が言った。

「さて、電話での話の続きですが……」

どうやら、二人は事前に電話で何事か話をしていたらしい。

「問題は、部屋荒らしの犯人が、いったい何を探していたのか、ということです」

それについては、俺もぜひ知りたいと、萩尾は思った。犯行発覚直後に質問したが、そのとき館脇はこうこたえた。

何か盗まれたとしても、今はわからない。

犯人が何を探していたのか、わからない。

あれから時間が経っている。萩尾がすべき質問を、今、音川がしているということだ。

館脇がこたえた。

「あれから、調べてみたが、やはり盗まれたものはなさそうだ。犯人は、私のコレクションの何かを盗もうとしたのではないかと思う」

音川がうなずく。

「僕もそう思いますね。しかし、もしそうだとしたら、ちょっと妙だと思いませんか?」

「言いたいことはわかるよ。犯人は、書斎の陳列棚にはほとんど手を触れていない様子だ。あそこにはけっこうな値打ち物もある」

「どういうことでしょうね」

館脇が肩をすくめた。

「目的のものが、棚には見当たらなかったということだろう。陳列棚だからな。手を触れなくても、中に何があるかわかる」

「……ということは、つまり、部屋を荒らした犯人は、ある特定のものを目的としていた、ということですね」

「当然、そういうことになるな」

「それは、何でしょう」

萩尾は、彼らがどうしてこんな話をしているのかが気になった。質問したかったが、今は二人のやり取りを聞くことが先決だと思った。

音川の問いに、館脇がこたえた。

「そんなの、犯人に訊かなきゃわからんだろう」

「いや、館脇さんにはおわかりなのではないかと、僕は思います」

「……ということは、君にもわかっているということかね」

「見当はついています」

「何だと思う?」

「『ソロモンの指輪』でしょう」

館脇は難しい顔になった。

「俺もね、当然それは考えたよ。だがな、指輪は盗まれたんだ」

「部屋を荒らした犯人は、すでに指輪が盗まれていたことを知らなかったのかもしれません。あるいは……」

「あるいは？」

「指輪を盗んだ犯人が、もう一度侵入したのかもしれません」

「もう一度、侵入……？」

「そう。指輪が盗まれた直後に、また侵入された……。そのタイミングを考えれば、別人が、盗まれたことを知らずに侵入したというより可能性は高いと思いますね」

館脇が眉間にしわを刻む。

「言っていることがわからない。盗んだやつが、どうしてまた盗みに入らなければならないんだ？」

萩尾には、そのこたえがわかっていた。秋穂と話し合ったことだ。

音川がこたえた。

「同一人物、あるいは同一のグループが二度盗みに入る理由は一つ。盗んだ指輪が偽物だと、その人物あるいはグループが思ったからです」

それは、秋穂が言ったことと同じだった。

「ばかを言うな」

館脇が不機嫌そうに言った。「盗まれた『ソロモンの指輪』は、間違いなく本物だった。手に入れるのに四億円もかかっているんだぞ」

音川が言った。

「偽物だとは言っていません。盗んだやつらが、偽物だと思った、と言っているのです」

「どう違うんだ?」

「何を根拠に本物とするか、ですよね。もちろん、僕もかつて指輪を拝見したことがありますから、本物だと思っていますが……」

萩尾は、音川の言い方にひっかかるものを感じていた。

盗んだやつらが、偽物だと思った。

何を根拠に本物とするか。

館脇が言った。

「盗まれた指輪を偽物だと思うなら、そいつらは何も知らないんだ……」

音川がうなずいた。

「おっしゃるとおりかもしれません。でも、館脇さんは、僕の言うことに納得がいくでしょう?」

館脇はこたえなかった。

長い沈黙があった。誰も口を開かないので、萩尾は質問することにした。

「確認しますが、音川さんは、指輪を盗んだ人物あるいはグループと、部屋を荒らした犯人が同一だと考えているわけですね？」

音川がこたえる。

「その可能性は、おおいにあると思っていますよ」

「何のために、館脇さんとその話をしているのですか？」

音川は虚を衝かれたように、萩尾の顔をしげしげと見つめた。

16

「何のためにって……」

音川は不思議そうな顔で言った。「事件の真相を知るために、ですよ」

萩尾は言った。

「それは、警察の役目なんです」

「ですから、こうして萩尾さんたちの前で包み隠さず話をしているんじゃないですか」

「本来は、私らはいないはずでしたよね」

「わざわざ警察の人を呼びつけることもないと思ったんですよ」

「そう」

館脇が言った。「これは、音川君と俺の推理合戦なんだ」

「推理合戦……?」

「被害にあったのは仕方がない。だからね、この際だから、推理でもして楽しまなきゃ損だという話になったんだ」

萩尾は驚いた。

「四億円もかけた大切なものを盗まれたんでしょう?」

「だからこそだよ、ハギさん」

「いやあ、そういう被害者には、これまで会ったことがありません。盗難に限らず、犯罪の被害者というのは、もっと、何というか……」

「悲愴《ひそう》なものだと言いたいんだろう」

「ええ、そうですね……」

被害者はたいてい打ちひしがれている。あるいは、激しく怒っている。おそらく、館脇もそうだったのだろう。大切なものを盗まれて、驚き、当惑し、そして怒ったはずだ。だが今、彼はそれを楽しんでしまおうとしている。

転んでもただでは起きないという訳だ。館脇のしたたかさを感じた。やはり、大資産家というのは、普通ではない。

「こんな体験は滅多にない。それを堪能しない手はないさ。それに、俺たちが推理することで、ハギさんたちの参考になるかもしれないだろう」

「ええ、そうですね」

そのとき、秋穂が言った。

「推理なら、探偵の仕事じゃないですか？」

石神に対する言葉だ。石神は何も言わなかった。

「おお、そうだよ」

館脇が言った。「石神君も、ぜひ参加してくれ」

石神が館脇に言った。

「俺には、逮捕状が出るらしい。犯人かもしれないんだ」

「犯人じゃないって、ハギさんも言ってたじゃないか。いいから、君の推理を聞かせてくれ」

石神は、萩尾を見た。萩尾は何も言わなかった。ここで推理合戦に参加するもしないも、石神の自由だ。

「警察は、状況から見て、家の鍵と防犯装置の専用キーの両方を持っている者が犯人だろうと考えているようだ」

館脇がうなずく。

「そうらしいな。つまりそれは、雨森と春江さんと俺だ。部屋を荒らされたとき、俺は家の鍵も防犯装置のキーも持っていなかった。つまり、俺は犯人じゃない。アリバイもあるしな」

彼はそこで、ふと考え込んでから言葉を続けた。「音川さんによると、指輪泥棒と部屋荒らしは同一犯だ。その条件を当てはめると、俺は指輪窃盗の犯人でもないということになる」

音川が言った。

「誰も館脇さんのことは疑っちゃいませんよ」

「そうかな……」

館脇は萩尾を見た。「警察は何でも疑うんじゃないのか？　俺の自作自演だって視野に入れて捜査していたはずだ」

「なかなか鋭いですね」

萩尾は言った。「これは、みなさんの推理に期待してもいいかもしれない」

「警察の考えだと」

館脇が言った。「残るは二人、雨森か春江さんか、ということになるが……。いやあ、それはまったく考えられないなあ……」

渋谷署が二人を調べて、シロだと判断したことは、今ここで言う必要はないと、萩尾は思った。もしかしたら、思わぬ話が聞けるかもしれない。

音川が館脇に尋ねる。

「どうして考えられないんです？　どんな可能性も根拠なしに排除はできないでしょう」

「雨森は仕事の間はずっと俺といっしょにいる」

「だからといって、盗みに入るのが不可能だということにはなりません。指輪が盗まれた夜、あなたは雨森さんといっしょにいたんですか？」

「いや。いなかったな」

「雨森さん、アリバイはあるのかな?」

音川がそう言って、萩尾を見た。

「捜査情報は教えるわけにはいきませんよ」

萩尾の言葉に、館脇が言った。

「あ、俺知ってる。二人に訊いたんだ。自宅にいたそうだよ。二人とも一人暮らしなんで、それを証明する人はいないけどね」

音川が言った。

「じゃあ、二人は排除できない。どんなに可能性が低くてもね」

その時、秋穂が言った。

「ちょっといいですか?」

館脇が言った。

「おお、あんたも参加するかい? 大歓迎だよ」

「いや、いっしょに推理ごっこをやるわけにはいきません。質問したいんです」

音川が言う。

「誰に対する質問です?」

「館脇さん」

館脇が言う。

「うん、どんな質問だね？」

「本当に、『山の老人』や『暗殺教団』に命を狙われているとお考えですか？」

館脇はうなずく。

「その危険は否定できないと思っているよ」

「でも、今、被疑者は二人に絞られているわけでしょう？　あなたの秘書とお手伝いさんです。『山の老人』も『暗殺教団』も関係ないじゃないですか」

「実行犯が誰であれ、その背後に『山の老人』がいるかもしれない。俺はね、そういう事態を恐れているんだ。もし……」

館脇は、そこで一度言い淀んだ。「もし、雨森や春江さんが実行犯だとしたら、『山の老人』に脅迫されてやった恐れだってある」

萩尾はその言葉について考えた。

雨森夕子や横山春江に会った印象では、誰かに脅迫されているという様子ではなかった。だが、可能性はゼロではない。

秋穂が言った。

「脅迫とは限りませんよね。『山の老人』や『暗殺教団』と手を組んで犯行に及んだという可能性もあると思います」

館脇は興味深げにほほえんだ。

「いいねえ。身近にいる人が、大きな陰謀に加担して裏切りをはたらいていた……。それって、かなりドラマチックだな」

音川が館脇に尋ねた。

「思い当たる節とかありませんか?」

館脇は、音川を見つめて聞き返した。

「思い当たる節……?」

「そう。身近にいる人が、大きな陰謀に加担しているという……」

館脇は天井を見上げて考えていた。しばらくそのままだったが、やがて視線を音川に戻すと、言った。

「どうかね……。俺にとってあの二人は、何というか……、必要不可欠だが、普段はまったく意識することのない存在だからな……」

音川が尋ねる。

「家族みたいなものということですね?」

「空気や水みたいなものだよ」

「それはお二人にとって、ちょっと失礼な言い方かもしれませんね」

館脇がきょとんとした顔になる。

「どうして失礼なんだ？　空気や水がなければ生きていけない。つまり、あの二人がいなければ、俺は生きていけないということなんだ」

音川は肩をすくめた。

「他に言いようがあると思いますよ」

「適当な喩《たと》えが見つからない。それに、もし二人のうちのどちらかが、『山の老人』に加担しているとしたら、失礼もへったくれもないだろう」

秋穂が言った。

「『山の老人』や『暗殺教団』は、何が目的なんですか？」

館脇がこたえた。

「もともと、イスラム教シーア派の分派であるニザール派が伝説の始まりとされている。彼らは、派手に十字軍などを殺したと言われているから、まあ、当時のイスラム過激派のようなものだろう」

「それが、古代史の研究家を殺害するわけですか？」

「まあ、そういうことになるな」

「なぜですか？　宗教的な暗殺集団が、古代史を研究する人々を殺害する意味がわかりません」

「そうだなあ……」

館脇が考え込む。「言われてみると、理由がよくわからない。俺たちにとっては、もう常識みたいなもので、その理由なんて考えたこともなかったな」

「俺たち、というのは？」

「古代史や超古代史の研究家やマニアだよ。そして、『山の老人』のターゲットとなるのは、超古代史の中でもある特定の分野の研究者が多いと言われている」

「ある特定の分野？」

「アトランティスだよ」

萩尾は、その場にいる者たちの顔をそっと見回した。

古代史や超古代史の話をしていると、必ずといっていいほどその話題になる。しかし、正統派の考古学者がその存在を認めることはない。

単なる伝説として扱うのが、常識的な学者の態度なのだろう。だから、それに興味を持っている人も、本当に実在を信じているかというとかなり怪しい。トンデモ話の一つとして楽しんでいるに過ぎない。

だから、この場にいる誰かがそれを否定するのではないかと思ったのだ。

だが、誰も否定的な態度を見せない。もしかしたら、石神あたりが皮肉な口調で揶揄《やゆ》するのではないかと思ったが、それもなかった。

萩尾は、アトランティスなどといった話題にどう向き合えばいいか、態度を決めかねていた。特に興味があるわけではない。

かといって、嫌いなわけではない。

そこで萩尾は、他のみんなの態度にならって、館脇たちの話に耳を傾けることにした。

秋穂が鸚鵡《おうむ》返しに聞き返す。

「アトランティス……?」

「そう。我々古代史・超古代史の研究家の多くは、いずれアトランティスについて考察せざるを得なくなる」

「どうしてですか?」

「アトランティスが多くの古代文明に影響を与えていると思われる痕跡があるからだ。いや、もしかしたら、すべての文明がアトランティスの文明を受け継いでいるのかもしれない」

「すべての文明って……?」

「エジプト文明もそうだし、中南米の古代文明もそうだ」

「そんなの、学校の歴史では習いませんでした」

「まあ、そうだろうね。そして、アトランティスに深く関わると、『山の老人』によって命を狙われるのだという」

「いったい、どうして……」

音川が言った。

「だから、その理由は我々にはわからないんだよ。『暗殺教団』の伝説は、中世のヨーロッパで広まったものだ。もとになったのは、館脇さんが言ったように、シーア派の中のニザール派のシリアにおける活動だ。フィダーイーというグループがあって、これが勇猛果敢で十字軍におおいに恐れられたという。フィダーイーというのは『自己犠牲を恐れぬ者』という意味だ。この話が十字軍や旅行者によってヨーロッパに持ち帰られ、広まったわけだ。『自己犠牲を恐れぬ者』という概念は、現代のイスラム過激派にも利用されているようだけどね」

秋穂が音川に尋ねる。

「じゃあ、ただの伝説ってことでしょう？　でもあなたや館脇さんは、それが現代でも実在するような言い方をしたじゃないですか」

「実在している」

「伝説なんでしょう？」

「その伝説を利用した何者か、ということだと思うよ」

いっこうに疑問が解決しないので、ついに萩尾は発言することにした。

「『山の老人』や『暗殺教団』の伝説を利用して暗殺をする集団が実在しているということですね？」

音川は肩をすくめる。

「まあ、そういうことだと、僕は思いますね」

「その集団が、館脇さんを狙っているのだと……」

「館脇さんは、そう思っているようですね。僕もそれを否定する根拠を持ち合わせていません。根拠もなしに、ばかばかしいとか言って否定するのはおかしいですよ。これまでの人類の歴史を見ても、常識なんて簡単にひっくり返るんですから……」

萩尾はさらに尋ねる。

「それは、どういう人たちなのでしょう」

その質問には館脇がこたえた。

「わからない。だがね、大きな権力と結び付いていることは確かだと思うよ」

「大きな権力？」

「そう。政治的な力かもしれないし、経済的な力かもしれない。宗教も絡んでいるだろう。伝説のもととなったのは、イスラム教徒だからね」

「人を殺すということは、知られたらまずいことがあるからですよね」

「そう。何か秘密があるのだと思う」

「その秘密というのは、何でしょうね？」

「さあな……」

萩尾は溜め息をついた。これでは埒《らち》が明かない。みんなが暗闇の中を手探りで進んでいるようなものだ。

そのとき、石神が言った。

「超古代文明の失われた科学技術ではないかと思う」

一同が石神に注目する。それでも石神は表情を変えない。

萩尾が尋ねた。

「超古代文明の科学技術……?」

「そう。アトランティスというのは、その超古代文明の象徴だ」

秋穂が尋ねた。

「それは、いつごろのどんな文明なのですか?」

「プラトンによると、アトランティスは紀元前九四〇〇年頃に、アテナイ人を中心とする地中海諸国の連合軍と戦い、敗北した。その直後、大地震によって海中に沈んだ。その記録は、おそらく、小惑星や流星群のような天体が地球に衝突したことによる天変地異を示しているのだと思う」

「天体が地球に衝突……?」

「そう。その衝撃は、大きな地殻変動をもたらし、火山の噴火を誘発した。大気圏に舞い上がった塵《ちり》や火山による噴煙が日光を遮り、地球は極度に寒冷化する。そして、それまで栄えていた文明が滅亡したわけだ」

「ええと……」

萩尾は困惑した。「それって、紀元前九四〇〇年と言いましたか？」

「プラトンの記述には誤差があったかもしれない。実際には、今から一万一〇〇〇年から一万二〇〇〇年前頃のことだ」

「一万二〇〇〇年前に、天体が地球に衝突……。それで、文明が滅んだのだと……」

「ごく近い周期で、天体が二度衝突したと主張する者もいる。最初の衝突で、地球が寒冷化し、二度目の衝突のエネルギーでその氷が融けた。いずれの場合も大洪水が起きる。大陸を呑み込むほどの洪水だ。世界中には、洪水の伝説が残っている。旧約聖書はもちろん、ノアの方舟《はこぶね》の物語の原型が記されている『ギルガメシュ叙事詩』、ネイティブアメリカンや中南米のネイティブにも、洪水伝説がある。これらの伝説は、この天体衝突の際のことを語っているんだ」

それを補うように、館脇が言った。

「紀元前一万年ほど昔の天変地異のことは、古代史・超古代史研究家の間では、すでに広く受け容れられているんだよ」

「でも……」

萩尾は言った。「人類の文明が生まれたのは紀元前三〇〇〇年とか三五〇〇年とかだ

った と思いますが……」

「それは、紀元前一万年くらい前に一度文明が滅びて、その後に誕生した文明だ。アトランティスに代表される、超古代文明の生き残りは、その進んだ天文学の知識や土木技術などを後世に伝え、神と呼ばれるようになる」

石神が言う。

「エジプトのギザのピラミッド、スフィンクス、アンデスのピラミッド、シュメールの記録……。それらが、進んだ文明の記憶を現代に伝えている」

「驚いたわ……」

秋穂が言った。「石神さんがそんなことを話すなんて……」

石神が言った。

「そう。若い頃には、そういう話とはまったく縁がなかった。だが、いくつかの事案で、そういう話と関わるうちに、自然と詳しくなった。今では、超古代文明が存在したことを信じている」

「いやあ……」

萩尾は言った。「私は信じられないなあ……」

館脇が言う。

「じゃあ訊くが、ギザの大ピラミッドはどうやって造ったんだね？　現代の最新の土木技術をもってしても造るのは不可能だと言われているんだ」

「人海戦術なんでしょう？　トロッコとか斜面を使って……」

「それは現実を見ようとしない愚かな考古学者の妄想だよ。最新技術を駆使して挑戦しても、大ピラミッドの半分の大きさのピラミッドさえ造れないんだ。それに、ニネヴェ定数」

「何です、それは……？」

「古代アッシリア帝国の首都ニネヴェの図書館跡で発見された粘土板に記されていた数字だ。一九五兆九五五二億という途方もなく巨大な数字だ。これはただ巨大なだけではない。すべての惑星の周期で割ってみると、ぴたりと割り切れるんだ。この数字は歳差《さいさ》運動、つまり地軸の回転する周期をも表している。こんな天文学の知識をシュメール人たちは持っていたんだ」

「しかし……」

萩尾は唖然《あぜん》としながらも、さらに言った。「それと『山の老人』の関係がわかりません」

石神が言った。

「ブラウンガスを知ってるか？　そういうものが関係しているんじゃないかと思う」

「ブラウンガス」

萩尾は思わずつぶやいていた。

17

石神がうなずく。

「酸水素ガスとか、HHOガスとか呼ばれることもある。簡単に言うと水素と酸素の混合ガスだ」

「ええと……」

萩尾は戸惑いながら言った。「水素と酸素って、つまり水ですよね……」

その質問にこたえたのは、音川だった。

「水を電気分解して水素と酸素に分ける。それを二対一ほどの比率で混合すると、不思議なガスになるということです」

「不思議なガス……?」

「そう。火を付けてトーチのように使うと、鉄などの金属をあっと言う間に切断してしまうし、レンガも融かすらしいです。でも、その炎に手を近づけても熱くないんですよ」

石神が言いだしたブラウンガスについて、音川が説明を始めた。つまり、このガスは古代史や超古代史などを研究する者たちにとって常識ということなのだろうか。

萩尾はさらに戸惑って言った。

「子供の頃、理科の実験でやったと思いますが、水素と酸素を混ぜた気体に火を付けると、爆発して水ができるはずですが……」

その質問にこたえたのも音川だった。

「水素の分量が六十四パーセントになると爆発します。でも、六十七パーセント程度だと爆発しないらしいです」

「手を近づけても熱くない炎が、鉄を切断するんですか？」

「ニッケルのコインにすっぽり穴を開けることができるそうです。ガスバーナーだと、ニッケルコインは真っ赤になるだけで、穴は開かない。タングステンって金属、ご存じですか？　電球のフィラメントに使われるほど熱に強い金属なんですけど、ブラウンガスの炎を当てると、十数秒で真っ赤になり融けてしまうというんです」

「そんなばかな……」

「さらにですね、ブラウンガスの炎は、放射能を処理するのにも使えるという話があります」

「そんな便利なものなら、もっと利用されているはずですよね」

「いやあ、音川君ならいざ知らず、石神君がブラウンガスを知っていたなんて、驚いたねえ……」

館脇が言った。「古代史とかに関係する仕事をしたことがあると聞いていたので雇ったんだけど、そんなことまで知っているなんてなあ……」

萩尾は尋ねた。

「そのブラウンガスと古代史に何の関係があるんです？」

「そのＨＨＯガスの発明者というか発見者というか、研究を続けていた学者がいてね。ブルガリア人のユル・ブラウンという学者だ。だから、ブラウンガスと呼ばれている。そのユル・ブラウンが、こんなことを言っている。古代マヤ文明には、膨大な量の金があった。掘り出した鉱石から考えてそんなに金を産出できたはずがない。だが、ブラウンガスを使えば、通常の方法の十倍の金を精製できる。だから、古代マヤ文明を担った人々は、ブラウンガスを使用したに違いない……」

「なんだか……」

秋穂が言った。「こじつけみたいに聞こえるんですが……」

音川が言った。

「インカ帝国のクスコ遺跡、オリャンタイタンボ遺跡、マチュピチュ遺跡……。そういった中南米の遺跡を調べると、かなりの高熱で焼かれたと思われる岩石の変質が見られます。それについて、やはりブラウンガスによって成形されたんじゃないかって言う人がいるんです」

「ですから、そういうの、こじつけなんじゃないですか？」

館脇が言った。

「そうだろうね。ハギさんが言ったように、そんな便利なものなら、もっと研究されたり、利用されたりしているはずだ。もちろん、実用化はされているよ。かつて、酸水素ガスは、ライムライトで石灰を熱して発光させるのに使用されていた。だが、それは今では電気を使った明かりに取って代わられた。白金は融点が高くて、それを融かすことができるのは、かつては酸水素トーチだけだったので、細工するときに使用されていたけど、今では酸素バーナーなどが使われるようになっている」

萩尾は眉をひそめる。

「すでに過去の技術だということですか？」

「まあ、今でもガラス製品の表面処理なんかに使われているようだよ。水からエネルギーを得ることができるということで、未来のエネルギーなどと言って研究しているところもあるようだが、実際には、電気分解に使用するエネルギーに対して、酸水素ガスの燃焼で得られるエネルギーは半分くらいだという。つまり、エネルギー効率が悪いんだよ。だから、研究がなかなか進まない。ガスの発明者といわれているユル・ブラウンが実に怪しげな人だったせいもあって、あまり本気で取り組む人がいないんだ」

「なんだか、夢のような技術だと思ったんですが、そうじゃないんですか……」

「興味があるなら、発生器を買ってみるといい」

「え、売っているんですか?」

「普通に売ってるよ。ただし、そんなに使い道はないよ。トーチとして何かを切断したり溶接したりするのに使ったり、石油系燃料の燃焼を補助するために使ったりする程度だ」

　すると、音川が言った。

「そういうふうに考えること自体が、『山の老人』たちの目的かもしれませんよ」

　萩尾は、音川に尋ねた。

「そういうふうに考えること……?」

「超古代には、高度な科学技術を持った文明があったと主張する人がたくさんいます。それが彗星《すいせい》やら小惑星やら流星群やらが地球に衝突することで起きた天変地異で滅びたんです。約一万一〇〇〇年前とか一万二〇〇〇年前とか言われています。聖書などに記されている大洪水のエピソードやアトランティスの伝説はそこから生まれたんですね。現代の技術でも造れないピラミッドが存在していることが、そして、ニネヴェ定数のようなコンピュータでもなければ導き出せない数字が残されていることがその高度な科学技術の証拠だと、一部の研究家は主張します。古代インカ帝国やマヤ文明でブラウンガスが使われたのだとしたら、それは超古代文明から伝えられた技術なのでしょう。『山の老人』たちは、それを現代の人々に知られたくないのかもしれません」

萩尾は、どういう顔をしてその話を聞いていればいいのかわからなくなった。にわかに受け容れることはできないが、無視することもできない。もちろん、反論などできない。

秋穂が言った。

「でも、ブラウンガスって、今でも普通に手に入るんですよね。だったら、『山の老人』がそれを秘密にする必要なんてないじゃないですか」

音川がこたえる。

「おそらく、ブラウンガスは、現在の使われ方よりも、もっとずっと利用価値があるのでしょう。放射能除去の可能性だけを取っても、たいへんなことですよ。そして、世界のエネルギー政策に大きな変革をもたらすものなのかもしれません」

舘脇が言った。

「いやいや、私はビジネスマンとして言わせてもらうがね、ブラウンガスはエネルギー効率が悪い。とてもエネルギー革命を起こせるような代物じゃない」

石神が肩をすくめる。

「使い方を間違っているのかもしれませんよ。いずれにしろ、まだまだ研究の余地があるはずです。しかし、本当の問題はブラウンガスじゃないんです」

館脇が尋ねる。

「問題はブラウンガスじゃない？　じゃあ何なんだ？」

「ブラウンガスのような技術をきっかけとして、超古代の科学技術が解き明かされることですよ」

「それで困るやつがいるのか？」

「現代のエネルギー政策は石油を中心に考えられています。産油国が莫大な力と富を保障されているんです。でも、石油の価値を下げてしまうような新たなエネルギーが見つかると、必然的に産油国の経済力も発言力も低下する」

「あ……」

秋穂が言った。「産油国の多くが中東のイスラム圏にありますね。もともと『山の老人』は、その地域の伝説でしたね」

館脇は音川と秋穂の言葉について、何事か考えている様子だった。

大昔に滅んだ超古代文明やブラウンガスについて話しはじめた石神は、途中から音川に説明役を譲り、黙って成り行きを見守るようになっていた。

萩尾は、石神の沈黙を訝《いぶか》しく思っていた。

だが、それよりも、この話の結論がどこに行き着くのかが気になっていた。

秋穂が音川に尋ねた。

「つまり、『山の老人』は、産油国の利権に絡んでいるということですか？　そのために、超古代の科学技術が明らかになることを恐れている、と……」

「それが基本にあって、彼らなりのルールというか、教義というか、そういうものがあるんだと思います」

「教義……？　それはどんなものです？」

「大洪水以前の歴史を忌避するという……」

「どうして忌避するんです？」

「まず第一に、宗教です。大洪水以前の歴史が明らかになると、あらゆる宗教的な神秘や秘法がすべて、科学の残滓《ざんし》でしかないことが明らかになってしまいます」

「それはどういうことですか？」

「例えば、カバラなどと呼ばれる数秘学です。数字の神秘を伝えるものですが、これがもとは天文に関わる数字であることが明らかになります。もっと有り体に言えば、地球の歳差運動から導き出される数字なのです。バチカンに保管されているキリスト教最大の秘密は、天文学の知識だと言われています。イスラム教でも同様のことが言えます」

「天文学……」

「実は、エジプトの大ピラミッドやマヤ、インカの遺跡にも高度な天文学の知識が隠されていると言われています。乱暴な言い方をすれば、多くの宗教の元になったのは天文学なんです」

「天文学が宗教に……？　どうしてなんでしょう？」

「星が災いをもたらしたという記憶があるからです。つまり、小惑星や彗星の衝突によって起きた大洪水などの天変地異です。まさに地球規模の大災害ですよ。最初それらの記憶は、おそらく科学的な記録として残されたのでしょう。長い年月が経つにつれ、それらの科学的な記録は形骸化し、本来の意味を失って宗教となったのです」

秋穂は目を瞬いている。音川の説明を理解しきれていないのかもしれない。萩尾も同様だった。宗教が、高度な科学の残滓……。

秋穂が言った。

「マヤやインカは発達した暦を持っていたということですね。でもそれは、農業のためだと言われていたと思いますが……」

音川が失笑した。

「農作物を作るためだけに、ありとあらゆる天文の運行を研究する必要がありますか？それは、想像力のかけらもない考古学者や歴史学者の世迷い言《よまいごと》ですよ。地球が壊滅的な打撃を受けるほどの災害の記憶がなければ、人々は真剣に天文学を研究しようとはしないでしょう。星々の恐ろしさを知っていたからこそ、必死だったんです」

館脇が苦笑を浮かべた。

「まあ、音川君はずいぶんと想像力が豊かなようですからねえ」

音川は館脇の発言には取り合わず、秋穂を見ながら先を続けた。

「第二はテクノロジーです。超古代の高度な科学技術が現代に蘇《よみがえ》ったとしたらえらいことになります」

秋穂が尋ねる。

「科学が進歩するのはいいことじゃない」

「いや、必ずしもいいこととは限りませんね。大国はその技術を独占しようとするでしょう。進んだ科学技術というのは、そのまま軍事力に結びつきますからね。アメリカ、ロシア、中国といった国々による技術の争奪戦が始まるでしょう。それはおそらく、エネルギー政策と結び付いていますから、産油国でもある米ロにとっては重大な意味を持ちます」

「もしかして、『山の老人』には、中東諸国だけでなく、アメリカやロシアの思惑まで関係しているということですか?」

「なかなか鋭いですね。『山の老人』の活動にはずいぶんと金がかかっているはずです。彼らの情報収集力は半端じゃないですからね。おそらく、偵察衛星を動かすくらいのことはしているんじゃないかと思います。にもかかわらず、これまでその正体が明らかになったことは一度もありません。これは、あり得ないことのように思えますが、米ロのような大国の情報機関が関わっていると考えれば、納得がいきます」

　秋穂が眉をひそめ、音川に言った。

「今までの話、本気で言ってます?」

　音川が虚を衝かれたように言葉を呑んだ。

　秋穂が続けて言った。

「『山の老人』の正体が明らかにされていないのは、大国の情報機関が関係しているとかじゃなくて、存在していないからじゃないですか?」

　館脇が笑った。

「こりゃあいい。音川君が一本取られたな」

　音川が館脇に言った。

「別に言い負かされたわけじゃありません。信じない人は信じなければいいんです」

「だが……」

　館脇が言う。「命を狙われて、警察に守ってもらわなければならない立場としては、信じなければいい、とは言い切れないな」

「そこです」

　萩尾は言った。館脇が聞き返す。

「そこって、どこだ?」

「命を狙われているってところです。本当に『山の老人』や『暗殺教団』が、あなたの命を狙っているのでしょうか？」

「どうなんだろう」

「そもそも、なぜそう思われたのです？」

「なぜ……？　さあ、なぜだったかな……。たぶん、音川君に言われたからじゃないかな」

「音川さんに言われた……」

「そうだったと思うよ。噂では俺も『山の老人』や『暗殺教団』のことを知ってたけどさ。まさか、自分が狙われることになるとは思わなかった」

萩尾は音川に確認した。

「そうだったんですか？」

「どうかなあ……。何となくそんな話になったんで、僕が言いだしたのかどうか、よく覚えていませんね」

館脇が言った。

「そうだったと思うよ。だって俺、指輪を盗まれたときも、『山の老人』のことなんて、考えもしなかったから……」

石神が萩尾に言った。

「誰が言いだしたか、なんて関係あるのか？　問題は、本当に命を狙われているのかどうかだ。警察は、証拠がないと信じない。それで命が失われたこともある。ストーカー殺人とかな……。被害者が命の危機を訴えても、警察は何もしない」

萩尾はかぶりを振った。

「何もしないわけじゃありません。ストーカーについては、さまざまな対策を講じています。それでも、殺人や傷害といった事件を防げないことがあるのは事実ですがね……。ご存じのとおり、警察は、基本的に刑法に規定されていない行為には手を出せません」

「とにかく、警察が信じなくても、俺はクライアントが命を狙われているという前提で動く」

「我々も、今現在、館脇さんが危険だという前提で動いているんです」

そのとき、萩尾の電話が振動した。菅井からだった。

「ちょっと、失礼します」

萩尾は立ち上がり、その場を離れて電話に出た。

「はい、萩尾」

「おい、石神はどこにいる？」

「なんで俺に訊くんだ？」

「いっしょにいるんじゃないのか？」

嘘はつきたくないが、つかなければならないときもある。

「いっしょじゃないよ」

「今、どこにいるんだ？」

「そんなこと、あんたに教える必要はないだろう。切るよ」

「待てよ。館脇が石神といっしょに会社を出たというので、自宅に来てみたが誰もいない」

「そうなのか？」

「あんた、館脇たちといっしょじゃないのか？」

「いっしょじゃないと言ってるだろう」

「石神がどこにいるか、知らないのか？」

「知らないよ」

「知ってて隠してたことが、後でわかったら、ただじゃ済まないぞ」

「脅しとは品がないな。いかにも捜査一課らしい」

「ただの脅しだと思うな」

「そっちこそ、無茶な逮捕をして、あとで恥をかくことになるかもしれんぞ」

電話が切れた。菅井は腹を立てたらしい。電話をしまって元の席に戻ると、館脇が言った。

「捜査一課からの電話か?」

「ええ。菅井からです。会社とご自宅を訪ねたと言ってました」

館脇が渋い表情になる。

「石神君が捕まると、私を守ってくれる人がいなくなるんだがな……」

萩尾は言った。

「私としても、逮捕は未然に防ぎたいですね」

「自宅に帰ると、張っている恐れがあるな」

「そうですね」

「代官山の美沙のマンションは、知られているのか?」

「八尾美沙さんのお名前は菅井に伝えました。でも、マンションの場所は言ってません。いずれ調べ出すかもしれませんが……」

「じゃあ、今夜は石神君を代官山に連れていこう」

「マンションの外で張り込みですか?」

「そうじゃないよ。今日は泊まってもらう」

石神が館脇に言った。

「そんな必要はありません」

「こっちに必要があるんだよ。警護してもらわなきゃならないからな。室内にいっしょにいれば、こっちも安心だ」

石神は反論しなかった。

館脇が音川に言った。

「さて、今日はこんなところかな」

萩尾が言った。

「お終《しま》いということですか？」

「ああ」

「推理らしい推理はなかったようですが……」

「また続きをやろう。そのときは、ハギさんも参加してくれ」

「はあ……」

「あ、それと武田刑事もね」

館脇と石神が同時に立ち上がった。

18

館脇が運転手に「代官山」とだけ告げた。石神が同乗している。萩尾と秋穂も車に乗っていた。彼らが八尾美沙のマンションに入るところを確認しなければならない。

館脇が言った。

「ねえ、ハギさん。石神君の逮捕状の件、何とかならないの?」

それに対して石神が言った。

「俺は逮捕されても平気だ。無実なんだから……」

館脇が言う。

「俺が依頼している仕事ができなくなるじゃないか。俺が困るんだと言ってるだろう」

萩尾は言った。

「逮捕状が執行される前に真犯人がわかれば問題ないんです」

館脇が溜め息をついた。

「まあ、そういうことだな」

彼はそれきり、車が代官山に着くまで口を開かなかった。

萩尾と秋穂は車を下り、館脇と石神がマンションの玄関ドアを通るのを確認した。

「さて……」

萩尾は言った。「我々も引きあげるとするか」

時計を見ると、十時半だ。

秋穂が言った。

「おなかがすきましたよね」

「そう言えば、夕飯を食いっぱぐれたな。何か食べていくか」

「じゃあ、並木橋のほうに行きましょう。そのほうが飲食店が多いです」

二人は歩きだした。

「なんだか、どんどん訳がわからなくなりますね」

「何の話だ?」

「館脇さんのところで、指輪が盗まれて、その直後に部屋が荒らされて……。館脇さんや音川は、本当に犯人が『山の老人』だと思っているんでしょうか」

「おい。外で捜査の話なんかしたら、本当にクビが飛ぶぞ」

「誰もいませんよ。お店に入る前に、ちょっと話さなきゃと思って……」

萩尾は歩道の前後を見渡し、それから言った。

「たしかに、話がどんどん訳のわからない方向に進んでいるようだな……」

「あの石神さんまで古代史マニアだとは思いませんでした」

「だから館脇さんに雇われたんだろう」

「館脇さんは本当に『山の老人』に命を狙われているんでしょうか」

「さあな……」

「そして、本当に『山の老人』は中東の産油国やアメリカ・ロシアの諜報機関と関係があるんでしょうか?」

「わからない。だがな、これだけは言える。どんなにばかばかしい話でも、否定する根拠がなければ、否定はできないってことだ」

「でも、ハギさん、信じてませんよね」

「ああ。信じていない」

「じゃあ、指輪を盗んだ犯人と、部屋を荒らした犯人は誰なんでしょう……」

「俺たちはドロ刑だよ。窃盗事件のことなら、お手のもんだろう。そして、余計なことは考えずに、盗犯捜査の基本に戻ればいいんだ」

「基本に戻るって、どういうことです?」

「現場と手口だ。それしかないんだよ」

「はあ……」

「お、ここにするか」

丼物の専門店があった。もう遅いので酒を飲む気にもなれない。手っ取り早く飯をかき込みたい。

秋穂が言った。

「いいですね」

二人は店に入り、遅い夕食を取った。


翌朝、三課の席にいる萩尾のもとに、菅井と苅田がやってきた。

「おい、石神はどこにいるんだ」

萩尾はこたえた。

「しつこいな。知らないと言ってるだろう。俺は石神のお守《も》りじゃないんだ」

「俺たちに手柄を奪われたくなくて、匿《かくま》っているんじゃないのか？」

「ドロ刑はね、そんなに暇じゃないんだよ。館脇といっしょに、会社にいるんじゃないのか？」

「会社にはいない。館脇は今日は会社に来ていない」

「そうなのか」

「俺たちの邪魔をすると、ただじゃ済まんぞ」

「昨日も電話でそんなことを言っていたな。ただじゃ済まないって、どんなことになるんだ?」

萩尾が切り返すと、菅井は一瞬たじろいだ。ただ、勢いに任せて言っているだけなのだ。

「捜査の妨害をしたということで、それなりの処分を食らうことになる」

「処分を食らうのは、そっちじゃないのかね?」

菅井の背後で声がした。いつのまにか、猪野係長が近づいてきていた。

振り向いた菅井が気まずそうに言った。

「猪野係長……。すいませんが、これは自分らとハギさんの問題でして……」

猪野係長が言った。

「いや、そういう問題じゃないな。一課と三課の問題だ。ハギさんは、部屋が荒らされたと知ると、強行犯の可能性もあるからと、仁義を通してそっちに連絡したんだ。その恩を仇《あだ》で返すような真似《まね》はやめてほしいね」

「お言葉を返すようですが、だからこそ自分らは真剣に事案に向き合っているのです。手を抜かずに捜査しているわけです。ハギさんは、それに協力してくれようとしないわけです」

「ハギさんが、石神を匿っているというのかね? その根拠は何だ?」

「それは……」

菅井が言い淀んだ。

猪野係長が言った。

「さっき、何か言っていたな。一課に手柄を奪われたくないから、とか……。ハギさんも言ったけどね、俺たち三課はそんなに暇じゃないいんだよ。あんたたちみたいに、手柄だ何だと言っている間に、窃盗事件はどんどん起きる。片っ端から解決していかなければならないいんだ。たった一件の部屋荒らしにこだわっているわけにはいかないんだよ」

「どんどん解決するとおっしゃる割には、館脇邸の窃盗事件がなかなか解決しませんね」

萩尾がこたえた。

「じきに解決するから、心配してくれなくていい」

菅井と苅田が顔を見合わせた。それから、菅井は、居心地が悪そうに身じろぎをした。おそらく引き時を考えているのだと思い、萩尾は言った。

「誰か、館脇さんの自宅や会社を張り込んでいるのか？　今頃どちらかに顔を出しているかもしれない」

菅井は、苅田に言った。

「おい、行くぞ」

二人は、足早にその場を去って行った。係長がいるせいか、捨て台詞《ぜりふ》はなかった。

その後ろ姿を見送りながら、隣の席の秋穂が言った。

「何よ、あれ……」

猪野係長が萩尾を見て言った。

「本当に石神を匿っているわけじゃないんだな?」

「匿ってませんよ」

「石神は館脇といっしょなんだな?」

「身辺警護を依頼されていますからね。いっしょだと思います」

「二人がどこにいるのか、本当に知らないんだな?」

「知りませんが……」

「が……?」

「心当たりがないことはありません」

猪野係長が顔をしかめる。

「おい、ハギさん……」

「昨夜、館脇は交際相手の女性の自宅マンションに行きました。石神もいっしょです。おそらくまだ、そこにいるのでしょう」

「会社に行かずに、女性のマンションに潜んでいるということか?」

「わざわざ逮捕されるために会社に顔を出すことはありませんからね」

「そのマンションを菅井たちは知らないということだな？」

「館脇さんの交際相手の名前は伝えました。でも、場所は言っていません」

「じきに探り当てるぞ」

「館脇さんたちも、それは承知しているでしょう。もしかしたら、ホテルかどこかに移動しているかもしれません」

猪野係長が考え込んだ。

秋穂が言った。

「一課は手が足りないんでしょうか？」

萩尾と猪野係長が同時に秋穂を見た。秋穂は言った。

「あ、すいません。余計な発言でした」

猪野係長が秋穂に尋ねた。

「手が足りないって、どういうことだ。言ってみろ」

「あ、ハギさんが、自宅や会社を張り込んでいるのかと尋ねると、慌てた様子で出ていきました。きっと、誰も張り込みをやっていないんでしょう。石神さんの件は、あの二人だけで動いているんじゃないですかね？」

猪野係長が萩尾を見ながら言った。

「一課は原則として班ごとに動くが、今回は武田の言うとおりかもしれない。人を割けるような事案じゃないからな」

「なるほど……」

萩尾は言った。「適当にこちらに調子を合わせていりゃあいいものを、菅井にはそれができないんです。向こうの係長と、こちらの両方の鼻を明かしてやろうと、躍起になるわけです。根が真面目で、しかも野心家ですから」

「それで、渋谷署は何か言ってきたかい？」

猪野係長に尋ねられて、萩尾はかぶりを振った。

「林崎係長も戸惑っているのかもしれませんね。なにせ、妙な事件ですから……」

「妙な事件……？　窃盗に妙も何もないだろう」

「部屋荒らしとセットになっているところが、妙なんです。犯人の思惑がどこにあるのか、今一つはっきりしません」

「ふうん……。だが、ぐずぐずしていると、石神の身柄を捜査一課に押さえられて、何かと面倒なことになるぞ」

萩尾はうなずいてから言った。

「これから、渋谷署に行ってきます。それから、また館脇邸に行ってみます」

「わかった」

萩尾は秋穂に行った。

「じゃあ、出かけよう」

「はい。現場と手口。まずは、もう一度現場ですね」

「いやあ、防犯カメラの映像も、すべて空振りよ」

林崎係長が、萩尾の顔を見るなり言った。萩尾は聞き返した。

「自宅にあった防犯カメラだね？」

「近所にあったカメラの映像も入手した。不審な人物を特定して当たってみたが、どれも事件とは関係なかった」

「自宅の防犯カメラはどこにあったんだ？」

「玄関と裏口、そして庭だ」

「どんな人物が映っていたんだ？」

「宅配便の業者とか、証券会社の飛び込みセールスとか、宗教の勧誘とか……。全部当たってアリバイも確認した。怪しい人物は皆無だ」

渋谷署もやるべきことはやっているということだ。こういう捜査が重要なのだ。

「指輪が盗まれたのはたしか、未明の一時から八時の間だったな」

「ああ。館脇氏自身が証言している。一時にはまだ指輪があることを確認していた。そして、午前八時になくなっていることに気づいた」

「その時間帯に、防犯カメラに映っていた人物はいないのか？」

「一人だけいる」

「何者だ？」

「家政婦の横山春江だ。朝の八時ちょっと前に館脇邸にやってきた」

「いつもその時間にやってくるんだろうか」

「そのようだ。何人かに裏を取っている。館脇氏は、そんなに早く来ることはないと言っているらしいが、どうやら先代からの習慣らしい」

「その一人だけなんだな？」

「おうよ」

「なるほど、それじゃお手上げだな」

「部屋荒らしの件はどうなった？　犯人はやっぱり、盗犯と同一だと考えているのか？」

「同一か、あるいはかなり近い関係だと考えている」

「館脇氏が命を狙われているってえ話は……？」

「本人は、そう思っているらしいので、こちらもそのつもりで対処しようと思っている。館脇さんは、身辺警護に石神を雇っている。その石神に対する逮捕状を、捜査一課が請求した」

「逮捕状？　なんで石神に……」

萩尾は、かいつまんで事情を説明した。話を聞き終えて、林崎係長が言った。

「家の鍵と防犯装置のキーを持っていて、部屋荒らし当夜のアリバイがない……。契約料を上げさせるという動機もある。それだけそろっていりゃあ、逮捕したくなるのもわからなくはねえが……」

「契約に身辺警護を加えることで、たしかに料金が上がったが、それは微々たるものだったそうだ。それが動機とは考えられない。つまり、石神には部屋荒らしをする動機がないんだ」

「石神に何度も接しているんで、彼を逮捕させたくないと思うようになったんじゃねえのかい？」

「そうだな。だんだん彼がどういう人物かわかってきた。だから、犯人ではないと思っているんだ」

「ハギさん、そいつは思い込みじゃねえのか？」

そう言われて驚いた。

これまで、菅井のほうが思い込みをしていると考えてきたのだ。

もしかしたら、林崎係長の言うことが常識的なのかもしれない。ふと、そう不安になった。

萩尾は秋穂に尋ねた。

「おまえさん、俺が思い込みをしていると思うか？」

「間違っているのは、菅井のほうです」

「呼び捨てはいけないが、そう言われると、安心する」

林崎係長は肩をすくめた。

「まあ、直接関わっているハギさんが言うんだから、間違いねえだろう。じゃあ、真犯人は誰なんでえ？」

萩尾は頭をかいた。

「それが、今のところは皆目……」

「館脇氏が命を狙われているという話は？」

「『山の老人』というアラブの古い伝説があって、それに関わる話だというんだが……」

「『山の老人』……。アラブ人に狙われているということかい？」

「まさか、実行犯がアラブ人とは思えないけど……」

「その『山の老人』とか言う連中が『ソロモンの指輪』を奪ったということかね？」

「館脇さんはそう思っているのかもしれない」

林崎係長が、ふと眉をひそめて萩尾を見た。

「館脇氏はそう思っているが、ハギさんはそう思っていねえ……。そういうふうに聞こ

える が……」

「手口がね、丁寧すぎるんだよ」

「丁寧すぎる……？　どういうことだ？」

「いや、まだはっきりしたことが言える段階じゃないんだ。とにかく、もう一度現場を見てくる」

「現場を見るって……。もう、現場はすっかり元どおりに片づけられているぜ」

「わかってる。とにかく行ってくる」

「じゃあ、俺も行こう」

三人は渋谷署を出て、徒歩で松濤の現場に向かった。

秋穂がそっと萩尾に尋ねた。

「手口が丁寧って、どういうことですか？」

萩尾はまた頭をかいた。

「言ったとおりだよ。窃盗の現場にはいろいろあるけど、今回の件はきれいな現場なんだ」

「それって、どんな意味があるんです？」

「正直言って、まだわからないんだ」

「じゃあ、いつわかるんですか？」

「もうじきだよ。俺はそう思う」

萩尾が言うと、秋穂は無言でうなずいた。

19

館脇邸に到着したのは、午前十一時頃のことだった。

門にあるインターホンのボタンを押すと、ほどなく返事があった。

「はい」

「あ、横山さんですか？　警視庁の萩尾です」

「ああ、刑事さんですか。どうぞ、お入りください」

「お邪魔します」

萩尾たち三人は、門から玄関までの道を進んだ。

玄関に着くと、すでに春江が戸口に立っていた。

三人の刑事を見ると、春江は不安そうな表情で言った。

「何かありましたか……」

萩尾はこたえた。

「いえ、もう一度現場を見せていただこうと思いまして……」

「旦那様に何かあったわけじゃないんですね？」

「いえ、そうではありません」

春江は、幾分ほっとした表情になって言った。

「警察の人がいらしたりすると、どきっとします。旦那様が、会社に出ていないというので、心配していたんです」

「あ、それは失礼しました。連絡が取れていないのですか？」

「電話に出ないのです。どこでどうしているのやら……」

萩尾は、秋穂と顔を見合わせてから言った。

「あの……。どこに泊まるか、ご本人から連絡はなかったのですね？」

「ありませんでした。まあ、どこかに泊まるのは珍しいことじゃないんですが、あんなことがあった後ですし……」

あんなことというのは、部屋荒らしのことだろう。

「実は私どもは、昨夜館脇さんといっしょだったんです」

春江は眉をひそめた。

「いっしょだった……？」

「ええ。代官山で別れました」

それで、春江は事情を察したようだ。

「代官山に泊まったのですね」

「そうだと思います」

彼女は独り言のように言った。

「そうならそうと言ってくれればいいのに……」

「電話にお出にならないのは、よくあることなんですか?」

「そうですね。たいていは出るんですが……」

「後で所在確認をしておきます。私らも居場所を知っておきたいですから……」

「お願いします」

「中を見せていただけますか?」

春江が一瞬躊躇《ちゆうちよ》した様子だったので、萩尾は「おや」と思った。今まで、そんな様子を見せたことは一度もなかった。

「何かお探しですか?」

「いえ、そういうわけではないんです。刑事ってのは、何度も現場を見たくなるもんなんです」

「現場といっても、もうすっかり片づいておりますが……」

「ええ、そうでしょうね。それでもかまわないので拝見できませんか」

「旦那様がお留守の間に、よそ様を家に上げていいものかどうか……」

「館脇さんなら、納得してくれると思いますよ。窃盗と住居侵入の捜査ですから」

春江がようやくうなずいた。

「わかりました。どうぞ……」

リビングルームには先客がいた。

雨森夕子だった。館脇の秘書だ。ソファに座っていた彼女は、萩尾たちを見ると立ち上がった。

林崎係長が声をかけた。

「あ、どうも、その節は……」

面識があるようだ。もしかしたら、林崎係長が直々に話を聞きにいったのかもしれない。

雨森夕子は丁寧におじぎをした。

萩尾は尋ねた。

「どうして、こちらへ……？」

夕子がこたえる。

「館脇が会社に姿を見せないので、取りあえず自宅を訪ねてみました」

「連絡が取れなかったのですね？」

「電話に出ないので……」

萩尾はうなずいた。

「ああ、横山さんもそうおっしゃっていました」

すると、春江が言った。

「代官山の部屋に泊まったそうなのよ」

「あら……」

夕子は目を丸くする。「それならそうと、知らせてくれればいいのに……」

石神がいっしょだから用心しているのかもしれない。それとも、無頓着なだけなのだろうか……。

「ちょうどよかった」

萩尾は言った。「あなたにも、ちょっとお話をうかがいたいと思っていたのです。お時間はありますか?」

夕子がこたえた。

「ええ。なにせボスがいないのですから、秘書は暇です」

事情を聞くときは、対象者を一人にしたい。そこで、萩尾は春江に尋ねた。

「どこか、部屋を使わせていただけませんか?」

「応接室をお使いください」

場所は知っていた。三人の刑事は、雨森夕子を連れて、応接室に移動した。

ソファに腰を下ろすと、夕子が言った。

「なんだか、面接みたいですね」

「たしかにそうですが……」

萩尾は言った。「面接じゃないんで、緊張する必要はないですから……」

「はい」

夕子は笑顔を見せた。

「館脇さんと電話連絡が取れないということですが、最後に連絡があったのはいつのことですか？」

「昨日の夕方、会社で別れてから、一度も連絡はありませんでした。会社に出てこないので、電話してみたんですが……」

「おそらく、石神さんといっしょで、ご無事だと思います」

「代官山に泊まったということですね。それを聞いて、ほっとしました」

「夕刻に会社で別れたということですが、館脇さんがどこにお出かけかご存じだったのですか？」

「はい。世田谷の美術館に、音川さんに会いに行っていたはずです」

萩尾はうなずいた。

「その場には、私とこの武田もおりました」

「あら、そうなんですか」

「音川さんをご存じなのですね？」

「はい。何度か会社にいらしたことがありますし、館脇といっしょに音川さんと会食をしたこともあります」

「そうですか。二人は親しくされているようですね」

「ええ。音川さんには、ずいぶんと懇意にしていただいています。館脇は、あまり頻繁に同じ人に会うほうではないのですが、音川さんとは、月に二度ほどお会いしていると思います」

「あなたも、音川さんと話をされたことはありますか？」

夕子は、この質問が意外だったらしく、一瞬言い淀んだ。

「ええ。会社などでお目にかかったときは、挨拶程度の会話はしますね」

「館脇さんがおっしゃっていたのですが、盗まれた指輪に四億円も費やされたということを知っているのは、音川さんとあなたのお二人だということですね？　間違いありませんか？」

「さあ……。それについては、私はわかりかねます。館脇しか知らないことだと思います」

「音川さんと『ソロモンの指輪』について話をされたことはありますか？」

「どうでしょう。指輪が盗まれたということが報道されてから、それを話題にしたことはあると思いますが……」

「盗まれる前に、指輪について話をされたことはありませんか？」

「なかったと思います。私は『ソロモンの指輪』などに興味はありませんし、私たちが二人きりで話をする機会などなかったと思います」

「そうですか。わかりました」

それから、萩尾は林崎係長と秋穂に尋ねた。「何かうかがいたいことはあるかい？」

林崎係長がこたえた。

「いやあ、渋谷署としてはもう、充分お話をうかがっているからな……」

秋穂が言った。

「一つだけうかがっていいですか？　あ、これ、事件に関係ないかもしれないんですけど、知っておきたくて……」

萩尾がうなずくと、秋穂は夕子に言った。

「館脇さんが、指輪に四億円も使ったことについて、どう思われます？」

「会社のお金を使ったわけではないので、私があれこれ言うことではないと思います」

「まあ、そうですよね。自分のお金をどう使おうが知ったことではないと……」

「はい。たてまえは……」

「たてまえは？　じゃあ、本音は？」

「他にお金の使いようはいくらでもあると思いました」

「『ソロモンの指輪』などに大金を注ぎ込むのは無駄だと……？」

「繰り返しますが、館脇個人の金をどう使おうが、私がとやかく言う問題ではありません。それに、私は古代史とか考古学とかには興味がありませんから、館脇のコレクションにもまったく興味がありませんでした」

秋穂はうなずいてから、言った。

「どうもありがとうございました」

萩尾は夕子に尋ねた。

「今日はこれからどうされるのですか？」

「会社に戻って、館脇が現れるのを待つことにします」

「そうですか。お引き留めして申し訳ありませんでした」

「もう、よろしいのですか？」

「はい、けっこうです。ご協力、ありがとうございました」

「では、失礼します」

夕子は立ち上がり一礼すると、応接室を出ていった。

萩尾はしばらく一連の夕子の発言について考えていた。

林崎係長が言った。

「今さら雨森さんに、何を訊くつもりだったんでぇ?」

萩尾は正直にこたえた。

「わからん」

「彼女については、俺たちがちゃんと調べたんだ。もう訊くことなんてねぇはずだ。それともナニか? 所轄の調べじゃ信用できねぇってことかい?」

「いや、そんなことはないさ。信用しているよ。ただ、直接話を聞いてみたかっただけなんだ」

「それで、何かわかったのかい」

「いいや。何もわからなかった」

「なんだ……」

「しかし、話の内容だけでなく、彼女の態度から感じるものが大切だと思ったんだ。気を悪くしたのなら謝る」

「別に気を悪くしたわけじゃねぇさ。捜査員はそれぞれに独自のやり方があるし、独自の感性を持っているもんだ」

萩尾は秋穂に言った。

「横山さんを呼んできてくれないか」

「了解しました」

秋穂が部屋を出ていき、すぐに春江を連れて戻ってきた。戸口で春江が言った。

「何かご用でしょうか」

萩尾はこたえた。

「すいません。ちょっとお話をうかがいたいのです」

春江は、林崎係長を見て言った。

「もうお話しすることは、何もありませんよ」

「まあ、おかけください。そんなに時間はかかりませんので……」

春江は何事か考えている様子だったが、やがて、夕子が座っていたソファに腰を下ろした。

「何が訊きたいんです?」

「これは、たぶん渋谷署の人が尋ねたことだと思うんですが、もう一度おこたえください。指輪が盗まれた朝のことです。何があったのか、順を追ってお教え願えますか?」

「いつものように、朝こちらの家にやってきました」

「それは、何時頃のことですか?」

「午前八時少し前です」

「どれくらい前でしょう?」

「五、六分じゃないでしょうか」

「午前七時五十五分頃ということですね？」

「はい」

その証言は防犯カメラの映像と一致している。

「それから……？」

「すぐに旦那様の朝食の準備を始めました。すると、旦那様が台所に来て、こう言ったのです。指輪がない。指輪が消えた、と……」

「それは何時頃のことですか？」

「午前八時を少し回った頃ですね。朝食の準備を始めたばかりの頃ですから、たぶん八時五分頃だと思います」

「そのときには、指輪はなくなっていたということですね？」

「さあ、私にはわかりません。その日は、朝ここに来てから、一度も書斎には行っていなかったので……」

「指輪がなくなったことを確認されたのはいつのことですか？」

「旦那様が台所に来たすぐ後のことです。いっしょに書斎に行き、陳列棚を確認しました」

「あなたは、そこに『ソロモンの指輪』があったことをご存じでしたか？」

「は……？　どういうことでしょう？」

「陳列棚にはいろいろなものが並んでいます。なくなったものが『ソロモンの指輪』だということに、すぐに気づいたのですか？」

「なくなったものが何だったたか、すぐにわかったわけではありません。旦那様が指輪だと言ったので、ああ、そういえば、そこに指輪のようなものがあったな、と思いました。その後、旦那様から説明を受けて『ソロモンの指輪』だと知ったのです」

「それを入手するのに、館脇さんが四億円もかけたことをご存じでしたか？」

「盗難にあって旦那様から話を聞くまで存じませんでした」

「その翌日、部屋が荒らされているのに気づいたのですね」

「はい。朝、私がお屋敷にやってきて、部屋が荒らされていることに気づきました」

「それは何時頃のことでしたか？」

「午前九時頃です」

「出勤は八時ではないのですか？」

「ああ……。その日は、朝食はいらないという連絡を受けていましたので……」

「あの日、あなたは、館脇さんの姿が見えず、どこかに泊まったのかもしれないとおっしゃった。どこにお泊まりになるかをご存じだったのではないですか？」

「代官山にお泊まりだと思いました。でも、よけいなことは言わないほうがいいと思い、どこにいるかわからないと言いました」

「では、前の夜に、館脇さんがいないことをご存じだったということですね?」

「朝食はいらないと言われたときに、ああ、代官山に泊まるんだな、と思いました。確認したわけではありません」

萩尾がうなずくと、林崎係長が言った。

「なあ、そのへんのことは、すでに俺たちが聞いているんだよ」

萩尾は言った。

「わかってる。ただ、もう一度確認したかったんだ」

それから萩尾は春江に言った。

「もう一度うかがいます。なくなる前には、指輪の価値についてはご存じなかったのですね?」

「存じませんでした。旦那様のコレクションには、まったく興味がございませんでしたので……」

「音川さんは、以前からご存じですね?」

春江は、虚を衝かれたように萩尾を見つめた。

「はい。旦那様が親しくしておりましたので……」

「館脇さんのコレクションについて、音川さんと話されたことはありませんか?」

「ありません」

「そうですか」

萩尾は言った。「質問は以上です。ご協力ありがとうございました」

「行ってよろしいんですね?」

「はい」

春江は立ち上がり、部屋を出ていった。

萩尾が腕組をして考え込んでいると、林崎係長が言った。

「今の二人、何か引っかかることがあるんだな?」

「引っかかるというか……」

萩尾は同じポーズのままこたえた。「なんだか、しっくりと腑《ふ》に落ちないんだ」

「腑に落ちない……」

「そう」

「あの二人が嘘をついているということか?」

「あの二人だけじゃないんだ」

「どういうことだ?」

「武田が言ったことだけどね、館脇さんも音川も何かをごまかしているように感じると
……。俺もそんな気がする」

「つまり、四人とも嘘をついているということか?」

「うーん。その質問には即答できないな。確証がないんでね」

林崎係長がしばらく考えてから言った。

「俺たち刑事は、嘘には敏感になる。だから、誰かがそう感じているなら、とことん調べるべきだと思う」

「そうだな。なぜ嘘をつくのか、何のために嘘をつくのか……」

「誰がどういう嘘をついているのか。それがわかれば、この事件の仕組みが見えてくるかもしれない」

「ああ、そう思うね」

「しょうがねえな……」

林崎係長が言う。「もう一度、調べ直してみるか」

「俺たちは、屋敷の周りをもう一度見てみるよ」

「わかった。俺は署に戻る」

刑事たちは立ち上がった。

20

リビングルームに顔を出すと、そこには春江しかいなかった。彼女は黙々と掃除をしている。

萩尾の姿を見ると、春江は驚いたように目を丸くして言った。

「まだ、何か……？」

「舘脇さんから連絡はありましたか？」

「いいえ、ありません」

「雨森さんは会社ですか？」

「はい」

「そうですか。じゃあ、これでおいとまします。屋敷の外を一回りしてから帰りますので……」

「わかりました」

萩尾が玄関に向かうと、秋穂が小声で言った。

「何だろう……。横山さん……」

「どうした？」

「今までとちょっと違いますよね」

「おまえさんも、そう思うか」

「ええ。何だか急に警戒心が強くなったような……」

「そうだな。そいつはなぜだろうな……」

秋穂は考え込んだまま何も言わなかった。

玄関を出ると、萩尾は屋敷の周りを見ていった。普通の人が見れば何の変哲もない、庭や勝手口に向かう通路などだが、萩尾の眼には、はっきりとある経路が見て取れる。盗みに入る経路だ。プロの盗人にも同じような道筋が見えているはずだ。

侵入できそうな場所が、カメラのズームのように見える。古い屋敷なので、窓や扉の防犯措置はそれほど堅固ではない。

それでもトーケイの防犯システムを導入しているから、侵入するのは難しい。

秋穂が無言でついてくる。

一回りして、玄関の前に戻って来ると、萩尾は言った。

「やっぱり、侵入は簡単じゃないな」

「トーケイの防犯システムがありますしね。素人じゃ無理でしょうね」

「そういうことだな……。侵入経路は、玄関か勝手口か、いずれにしろ、家の鍵と防犯システムの専用キーを使ったことはほぼ間違いない」

「それを確認したかったんですか?」

「念には念を入れてね」

萩尾が門に向かおうとしたとき、携帯電話が振動した。館脇からだった。

「はい、萩尾です。今どちらです?」

「ああ、ハギさん。代官山にいるよ」

「昨夜から移動していないんですか?」

「へたに移動するとかえって危険じゃないかと思ってね」

「てっきりホテルとかに移られているんじゃないかと思いました」

「逮捕状が出ているんだろう? 指名手配でもされたら、都内の宿泊施設にお触れが回るだろう。石神君がそう言っていた」

指名手配と簡単に言うが、それなりに手間と人手がかかる。つまり、金がかかるということだ。従って、殺人やテロといった重要犯罪に限られている。

「石神さんが指名手配されることなんて、ないと思いますよ」

「警察に追われるってのは、緊張するもんだね。なんだか疑心暗鬼になってくるよ。何をしても危険だという気がしてくる」

「警察の強みは組織力です。しかし、現時点では、菅井たちは二人だけで動いているようです」

「だからといって安心はできないな」

「そこにいてください。我々もそこに向かいます」

「捜査一課がいないかどうか、確認してくれ」

「ええ、そのつもりです」

電話が切れた。


代官山のマンションに向かったが、すぐには玄関に近づかずに、周辺の様子をうかがった。菅井たちの姿はない。他の刑事の張り込みもなかった。

萩尾は館脇に電話をした。

「ハギさんか？」

「ええ。今マンションのそばにいます。菅井たちの姿はありません」

「わかった。部屋に来てくれ」

部屋番号を聞いて、電話を切った。玄関まで行き、横の壁にあるパネルのテンキーで部屋番号を打ち込んだ。すぐに玄関のスライドドアが開いた。

部屋を訪ねると、館脇がドアを開けた。

「やあ、ハギさんに武田さん。入ってよ」

「お邪魔します」

ドアを入ると、すぐに広いリビングルームだった。そこにある黒い革張りのソファに石神がいた。

彼は小さく会釈してきた。

キッチンの前がカウンターになっていて、椅子が並んでいた。

「ソファでもその椅子でも構わないから、適当に座ってよ」

そう言うと、館脇はソファに腰を下ろした。

八尾美沙の姿はない。出かけているようだ。仕事だろうか。

萩尾もソファに座ることにした。秋穂はキッチンカウンターの椅子の向きを変えて腰を下ろした。

部屋の中はきっちりと片づいているわけではないが、それでも居心地がよかった。やはり男の一人暮らしとは雰囲気が違うと、萩尾は思った。

館脇が言った。

「菅井たちは、どこにいるんだ?」

「わかりませんが、おそらく会社を張り込んでいるんじゃないでしょうか」

「じゃあ、会社には顔を出せないな」

「お宅で、雨森さんにお会いしました」

「雨森がなんで家にいたんだ?」

「電話に出られないそうですね。それで、自宅を訪ねられたんです」

「ああ、そういうことか……」

「どうして電話に出ないのですか?」

館脇は顔をしかめた。

「雨森の電話だからって、彼女がかけているとは限らないだろう。刑事がかけているかもしれないし……」

「それは考え過ぎじゃないですか?」

「さっき言っただろう。刑事に追われたりすると、疑心暗鬼になるんだって……」

萩尾は石神に言った。

「あなたなら的確なアドバイスをできるはずですよね」

石神は面白そうに笑みを浮かべて言った。

「逮捕状を持った刑事に追われているのは、この俺なんでね。俺だって冷静にはなれない」

「そんなタマじゃないでしょう」

「なんだって?」

「捕まってもかまわないと言ってたじゃないですか。あなたは腹を立ててはいるが、充分に冷静なはずです」

「さあ、どうだろうな」

「あなたは、昨夜、ブラウンガスの話題を出しておきながら、その後は音川さんに解説を任せてしまい、口をつぐんでしまいましたね。それはどうしてなんです？」

石神は怪訝そうな顔で、萩尾を見た。

「質問の意図がよくわからない」

「音川さんが話をするように仕向けたのではないかと思いまして……」

「どうして俺が、そんなことをする必要があるんだ？」

萩尾はかぶりを振った。

「わかりません。ふと、そんな気がしたんで、訊いてみただけです」

「音川さんがブラウンガスについて語りはじめたので、俺の出る幕がなくなっただけだ」

「そうですか……」

すると、館脇が言った。

「そんなことよりさ、これからどうすればいいんだ？　ずっとここに潜んでいればいいのかい」

萩尾はこたえた。

「菅井たちは、じきにここを突きとめるでしょう。その前にここを出たほうがいいと思いますが……」

「どこに行けばいい？」

「ホテルとかでいいと思いますが……」

「わかった。雨森に部屋を押さえさせよう」

「それはだめです」

「なぜだ？」

「菅井たちが会社に張り付いているかもしれないんですよ。雨森さんから、菅井に情報が洩れる恐れがあります」

「雨森ならだいじょうぶだ。あいつは頼りになるやつだ」

「おや、疑心暗鬼なんじゃなかったんですか？」

「信用できる人とそうでない人は、ちゃんと区別しているよ。雨森はだいじょうぶだ」

「ずいぶんと信頼が篤いんですね」

「実績があるからな。雇って五年ほどしか経っていないが、実に頼りになる。会社に対するロイヤリティーも強い」

「とにかく、あなたと石神さんの居場所を知っている人は、できるだけ少ないほうがいい。ご自分で部屋を取ってください」

「わかった。どこのホテルでもいいいな」

「よくご利用なさるホテルがいいと思います」

「都内でホテルに泊まることとなんて、滅多にないな。どこか適当に押さえることにしよう」

「部屋が取れたら、できるだけ急いで移動してください」

「え、ハギさんたちもいっしょに来てくれるんじゃないの？」

「必要ならごいっしょしますが……」

「必要だよ。石神君は俺を守る。そして、ハギさんたちが、石神君を守るわけだ。逮捕されないようにね」

そうなれば、いよいよ犯人蔵匿の罪に問われることになる。萩尾はつぶやいた。

「菅井たちに知らせなければよかったな……」

それを聞き留めた石神が言った。

「今さらそんなことを言っても仕方がないだろう」

「たしかに、そのとおりだが……」

「あんたが俺を守ってくれると言うのなら、それを拒否する理由はないな」

警察のやることにいちいち反発していた感のある石神だったが、幾分か軟化してきたということだろうか。

館脇がスマートフォンをいじっている。インターネットでホテルを予約しているのだろう。

やがて彼は言った。

「恵比寿のホテルが取れた。会議室があるスイート一室と、別な部屋をもう一室押さえた。すぐにチェックインできるが、どうする？」

萩尾は言った。

「私たちが先に下りて様子を見ます。安全だとわかったらすぐに連絡しますから、下りてきてください」

「わかった」

館脇が言う。「警察にマークされているかもしれないから、会社の車は使っていない。タクシーの移動になる」

「それがいいと思います」

萩尾は言った。「あ、それと……」

「何だ？」

「雨森さんと横山さんに、無事だと知らせてください」

「ああ、わかった。電話しておく」

萩尾は部屋を出てエレベーターで一階に向かった。いっしょに来た秋穂が言った。

「いつまでこうして逃げ回るんです？」

「逃げ回るって言い方はどうかな……」

「いずれ逮捕されちゃいますよ」

「その前に、事件の真相を明らかにしたい」

「本ボシを挙げるわけですね」

萩尾は即答できなかった。

「うーん……。被疑者検挙ということになるかどうか、微妙だな……」

秋穂が驚いた顔になった。

「えっ。それ、どういうことですか？　犯人を捕まえられないってことですか」

「三課を長年やっていると、いろいろなことがあるんだよ」

エレベーターを下りて玄関を出ると、そこに菅井と苅田の姿があった。

「よお、どうしたんだ？」

萩尾が声をかけると、菅井は驚いた顔を向けた。

「あんたこそ、こんなところで何をしているんだ？」

「ここに、館脇さんと親しい人が住んでいるんで、訪ねてみたんだが、留守だった」

菅井は疑いの眼差しを向けてくる。

「親しい人？　愛人だろう」

「館脇さんは独身だから、愛人ってのはおかしいだろう」

「留守だと言ったな？」

「ああ」

これは嘘ではない。間違いなく、八尾美沙は不在だった。

「館脇と石神もいないということか？」

「当たり前だろう。部屋の住人がいないんだから」

「果たして当たり前かな……。親しい間柄なら部屋の鍵くらい持っているんじゃないのか？　あるいは、部屋の住人が出かける前に訪ねてきて、まだ部屋に潜んでいるとか……」

「そう思うなら調べてみれば？　でも、この部屋のガサ状は持ってないよね」

菅井は渋い顔になった。

「本当に、部屋には誰もいないんだな？」

「住人は留守だって言ってるだろう」

菅井は、しばらく萩尾を見つめていた。嘘を見抜こうとしているようだ。だが、今の一言は嘘ではない。

「……で、あんたらは、これからどうするんだ？」

萩尾はこたえた。

「本部に戻るよ」

やがて菅井は言った。

「じゃあ、出直すとするか」

それから彼は苅田に言った。「館脇の会社に戻ろう」

菅井と苅田が足早に、代官山駅の方向に歩いていった。萩尾と秋穂は、彼らの姿が見えなくなるまでその場に立っていた。

萩尾は電話で館脇に連絡した。

「菅井たちが来たけど、追い払った。今ならだいじょうぶだ」

「すぐに行くよ」


タクシー一台に四人が乗り込み、恵比寿の高級ホテルにやってきた。

「いつもこんなホテルに泊まっているんですか?」

秋穂が羨《うらや》ましそうに言うと、館脇がこたえた。

「都内のホテルなんて滅多に泊まらないと言っただろう」

チェックインするとすぐに部屋に向かった。その間も、萩尾は尾行がついていないか注意を怠らなかった。

スイートルームの鍵を館脇が持ち、もう一つの部屋の鍵を石神が持った。取りあえず、全員がスイートルームに集まった。

リビングルームとベッドルームだけでなく、大きなテーブルがある会議用の部屋がついていた。

四人はその会議室にやってきた。

石神が言った。

「いつまでも、こんなことを続けてはいられない」

萩尾は言った。

「ええ、そうですね」

「どうするつもりだ？」

「もちろん、事件を解決して、あなたの容疑が取り消されるようにします」

「こんなところにいては、事件を解決することはできないんじゃないのか？」

「私たちだけが捜査をしているわけじゃないんです。今この瞬間にも所轄の連中が必死に捜査をしています」

「だからって、あんたらがここにいていいのか？」

「確認したいことがあるんです」

「確認？　館脇さんにか？」

「そう。そして、あなたにも……」

「俺にも……？」

「まあ、取りあえず、座りませんか」

その言葉を受けて、館脇が言う。

「そうだね。あ、飲み物はどうだ?」

彼は冷蔵庫を開けて日本茶のペットボトルを取り出した。

萩尾は言った。

「いいえ、私たちはけっこうです」

石神もかぶりを振る。結局、飲み物を手にしたのは館脇だけだった。四人がテーブルに向かって座ると、館脇が言った。

「それで、確認したいことって、何なんだ?」

萩尾は言った。

「指輪のことです」

「盗まれた指輪だな」

「ええ。『ソロモンの指輪』だということですが、それは本当のことなんですね?」

「今さら何を言うんだ。本当に決まっているだろう」

「音川さんも、本物だと思っているわけですね?」

「そうだと思うよ」

「本当に命を狙われていると思っていらっしゃいますか?」

「そうだよ。だから石神君に身辺警護を頼んだんだ」

「いつからそう思っていますか？」

「いつから……？」

館脇が怪訝そうに眉をひそめた。

石神と秋穂も似たような表情で萩尾を見ていた。

萩尾はさらに言った。

「ええ。重要なことだと思うんです。いつから、身の危険を感じていらっしゃいますか？」

21

「そりゃあ、指輪を盗まれたときからだよ」

館脇があきれたような口調でこたえる。萩尾の質問があまりに無意味だと思ったのだろう。

萩尾はさらに尋ねた。

「指輪を盗まれたことを知ると、すぐに『山の老人』に命を狙われると思ったのですか？」

「ええと、すぐにってのは、どういう意味かな……」

「指輪を盗まれる前から、『山の老人』についてはご存じだったのですね？」

「知っていたよ。考古学や古代史の謎を研究する者たちの間では、半ば常識となっている話だからね」

「では、指輪を盗まれたときに、すぐにそのことが頭に浮かんだのですか？」

「ハギさんが何を訊こうとしているのかわからないな。それ、重要なことなの？」

「ええ。私は重要だと思っています」

それ以上の説明はしたくなかった。何か言うと誘導尋問になりかねない。ここは微妙なところだ。館脇に自分の言葉で語ってもらわなければならないと、萩尾は思った。

「そうだなあ……。指輪を盗まれたことで、さすがに俺もパニックになってね……」

「そのとき、誰かに連絡をしましたか？」

「まず、雨森に電話をしたよ。会社に出られるかどうかわからないと思ったんでね……。あ、それから、音川君に電話したね」

「なぜ、音川さんに……？」

「彼には指輪の話をしていたしね。正式な鑑定と言わないまでも、意見を聞いたこともある。つまり、彼は俺同様に指輪の価値を知っていたということだ」

「他には、価値を知っている人物は、身近にはいなかったのでしょうか」

「雨森は、指輪に四億円かけたことを知っていたな。だが、本当の価値は知らないと思う」

「本当の価値というのは？」

「そりゃあ、ハギさん……。ソロモン王の指輪だよ。その価値はたいへんなものだ」

萩尾は取りあえず、うなずくことにした。

「音川さんに電話したとき、何を言われました」

「たいへんなことになったと、彼は言ったな。そして……」

そこまで言って館脇は、はっと気づいたように萩尾の顔を見た。「あ、そうそう。そのときに、音川君が『山の老人』の話をしたんだよ」

「具体的には、どのようなことを……?」

「もしかしたら、指輪を盗んだ犯人は『山の老人』なのではないかと……。あの指輪は充分に、彼らが興味を持つくらいの価値があると言ったな」

「その話を信じたのですね?」

「まさかと思ったよ。けどね、そう言われると気味が悪くなるじゃないか。音川君が言うように、もしかしたら、そうなんじゃないか、なんて思ったりするよね。そしたら、また侵入された」

「それについては、どう思われていますか?」

「どう思うも何も……。さすがの俺もびびったよね。あれで、犯人が『山の老人』であってもおかしくはないと思うようになったんだ」

「『山の老人』の正体をご存じなんですか?」

「知らないよ。でも、伝説については知っている」

「音川さんは、産油国の利権に絡む集団ではないかと言っていましたね」

館脇はかぶりを振った。

「俺は知らない。それについては、音川君が説明したはずだ」

「たしかに、説明してくれたのですが……」

「ハギさんは、納得していないということかね？」

「いやあ、私が納得するかどうかという問題じゃなくて……」

萩尾は秋穂の顔を見て言った。「おまえさんは、どう思った？」

「産油国だとか、大国の情報機関だとか、話が大きくなって、何だか煙に巻かれているような気がしましたね」

「ああ……」

館脇が苦笑した。「彼はよく、そういう言い方をするよね。なにせ、知識量が膨大だからねえ」

萩尾は石神に尋ねた。

「あなたは、どう思いますか？」

突然、話を振られても、石神にはまったく驚いた様子はなかった。

「俺がどう思うかは、関係ないだろう。前にも言ったが、俺がどう思うかじゃなくて、クライアントがどう考えているかが問題なんだ」

「ええ、たしかにそうおっしゃいました。でも、改めてうかがいたいんです。『山の老人』について、どうお思いですか？」

「音川さんの話が本当だとしたら、物騒で面倒な連中だな」

「以前から、『山の老人』の話はご存じでしたか？」

「聞いたことはあった」

「でも、本気にはしていなかった……。そうですね？」

「誰だってそうだろう」

「では、指輪を盗んだ犯人や部屋を荒らした犯人は誰だと思いますか？」

「それを見つけるのは、警察の仕事だろう。俺は警察の仕事の邪魔をする気はない」

「でも、館脇さんから、犯人を捜すようにとの依頼を受けているんでしょう？」

「依頼は受けている。だが、身辺警護をしなければならなくなったので、調査活動がままならない」

「なるほど……」

「本来は、身辺警護も警察がやらなければならないことだ」

「それについては、あなたもよくご存じのはずでしょう。保護することはできますが、一般人を警護することはできないんです」

警察の警護対象者は、総理大臣や国賓だ。それは警護要則によって定められている。危険に遭遇する恐れがある人物は、警察の保護室などに入ってもらうことはできるし、周辺のパトロール回数を増やしたりの措置を取ることもできる。だが、個別の警護はできないのだ。

「危機に瀕している市民を守れなくて、何のための警察だ」

「努力はしているんですよ。でも、警察にも限界があります」

「もっと努力すべきだ」

「それはあなたも同様ですね」

「何だって？」

「あなたは、たった一人で警護をされている。もし、館脇さんが本当に『山の老人』に狙われていて、『山の老人』が音川さんが言ったとおりの連中なら、とても守れっこないですよね」

「警護対象が一人なら守れるさ」

「どうでしょうね。館脇さんを『山の老人』から守ろうと思ったら、あなた一人じゃ無理なんじゃないですか？　何人かで態勢を組むべきでしょう」

「俺は助手が一人いるだけなんだ。そして、事務所を空にするわけにはいかない」

「誰か協力者を見つけるとか、人を雇うとか……」

「そんな費用は、俺にはない」

「なんだ……」

館脇が言った。「言ってくれれば、費用は出すよ」

石神は苦い表情で言った。

「必要ないです」

萩尾は尋ねた。

「必要ない？　なぜです？　費用を依頼人が負担すると言っているのだから、態勢を整えるべきじゃないですか？」

石神がこたえる。

「だから、その必要はないんだ」

「つまり、あなたは、館脇さんがそれほど危険な状況に置かれてはいないと考えているわけですね」

石神は何も言わない。

館脇が驚いた顔で、石神と萩尾を交互に見た。

「え、ハギさん、それどういうこと？」

「つまり、石神さんは『山の老人』のことなど、信じていないということです」

館脇が石神に言った。

「信じていない？　どういうこと？　じゃあ、指輪を盗んだり、家を荒らしたりしたのは、いったい誰なんだ？」

石神がこたえた。

「指輪を盗んだのが誰なのか、また、家を荒らしたのが誰なのか。それはまだわかりません」

萩尾は言った。

「今、それは、とおっしゃいましたね？　それはまだわからない、と。では、それ以外に何かわかっていることがあるんですか？」

石神が言う。

「揚げ足を取るなよ。わかっていることがあったら、館脇さんに報告するさ」

「そうですか」

石神が館脇に言った。

「腹が減りませんか？　昼食がまだですよね」

館脇が時計を見た。

「そうだな。もう、一時四十分か……。ルームサービスを頼もうか。ハギさんたちも、昼はまだだろう？」

「ええ、まだです」

石神がうまく話題をそらした。そう感じながら、萩尾はこたえた。

館脇が言った。

「じゃあ、食べていくといい。メニューを持ってこよう」

館脇が会議室を出ていった。

彼がいない間に、萩尾は石神に尋ねた。

「何かに気づいているけど、館脇さんに聞かれたくない。そうなんですね？」

石神は何も言わない。

「否定しないということは、図星なんですね？」

そこに館脇が戻って来た。

「和食弁当と洋食弁当があるよ。俺は和食にする」

みんな館脇と同じものでいいと言った。

「じゃあ、石神君、注文してよ」

館脇に言われて、石神が電話のところに行った。

館脇が言った。

「結局、俺たちは逃げ回って、こうしてホテルに隠れているわけだよね。『山の老人』から逃げてるんじゃなくて、警察から逃げてるわけだけど……。それなのに、目の前に警察の人がいる。なんか変な状況だよね」

「そうですね……」

「まあ、結果的に、『山の老人』からも逃げていることになるわけだけど……」

「すいません。捜査一課の連中に話をしたのが間違いだったかもしれません」

「別にハギさんが悪いとは思わないけど、石神君の逮捕状、何とかならないの？」

「はあ……。石神さんが逮捕される前に、真犯人を捕まえられればいいんですがね……」

そこに石神が戻ってきて言った。

「ならば、こんなところで俺たちと無駄話をしていないで、ちゃんと捜査をしたらどうだ？」

館脇との会話が聞こえていたらしい。

萩尾は言った。

「いや、私たちがこうしている間にも、渋谷署の捜査員たちが必死に捜査をしてくれていますし……」

「だからといって、あんたらが、ここで油を売っていていいということにはならないだろう」

今どき、「油を売る」などという表現が通用するのだろうか。そんなことを思いながら、萩尾は言った。

「別に無駄話をしているとは思っていません。ここでこうしてお二人からお話をうかがうことが、真相にたどり着く早道だと思っていますんで……」

館脇が驚いた顔で言う。

「俺たちから話を聞くことが、真相にたどり着く早道だって？　じゃあ、何か？　俺か石神君のどちらかが犯人だとでも言いたいわけ？」

萩尾は言った。

「そうかもしれないと、思ったこともあります」

館脇と石神は無言で萩尾を見つめた。しばらくして、館脇が言った。

「石神君が犯人だと思うのなら、捜査一課の連中と同じってことじゃないか」

「石神さんがやったとは思っていません」

「おい。じゃあ、俺が犯人だって言うの？　どうかしちゃったんじゃないの？　俺は被害者だよ」

「自作自演の可能性もあると考えたんです」

「何のために、俺がそんなことをしなきゃならないんだ？」

「それなんですよ。自作自演する理由がまったく見つからなかったんです」

「当たり前だ」

「ですから、今は疑ってはいません」

「じゃあ、どうしてここで話をしていることが、真相への早道だなんて思うんだ？」

「音川さんのオフィスでやった推理合戦のようなものですよ」

館脇の眼が急に輝きはじめた。

「じゃあ、ハギさんと俺が推理合戦をするということ？」

「そして、石神さんも……」

石神は何も言わなかった。

館脇が秋穂を見て言った。

「武田さんにも参加してもらわないとね」

萩尾はうなずいた。

「もちろんです」

館脇はうれしそうに言った。

「ホテルにカンヅメなんて、さぞかし退屈だろうと思っていたんだけど、こいつはうれしい誤算だったな。ハギさん、さっそく始めよう」

「ちょっと待て」

石神が萩尾に言った。「その前に、確認しなければならないことがある」

「何でしょう?」

石神は、一度館脇のほうを見てから言った。

「館脇さんの自作自演の疑いを排除すると言ったが、それで間違いないな?」

「何だよ」

館脇が石神に言う。「石神君は、俺のことを疑ってるわけ?」

「そうじゃありません。確認しているだけです」

萩尾は石神に言った。

「間違いないと、私は思っています」

石神は一言、「わかった」と言った。

館脇が言った。

「さて、どこから行こうかね……」

萩尾は言った。

「まず、『山の老人』について考えたいと思います」

「そうだな……」

館脇はとたんに表情を曇らせた。「俺は本当に狙われているのかな……。それを、はっきりさせたい」

萩尾は言った。

「どうやら、石神さんは、信じていないようですが……」

石神が言った。

「信じていない」

「だがね……」

館脇が言う。「実際に、考古学者や古代史研究者が、怪我をしたり死んだりしているんだよ」

「都市伝説だと思います」

石神が言う。「誰だって事故に遭うことはあるし、病死することがあります。誰かがそれをこじつけたんです」

「そうかなあ……」

館脇が言う。「ハギさんはどう思うんだ?」

「まあ、常識的に考えれば、あり得ないことだと思います。石神さんが言ったとおり、たまたま考古学者や研究者が事故に遭ったり、病死したりした事例を、誰かが無理やり『山の老人』と結びつけたんだと思いますよ」

館脇は、難しい顔で言った。

「うーん……。武田さんはどう思う?」

秋穂はしばらく考えてからこたえた。

「本当かもしれないと思ったこともあります。でも、今は萩尾や石神さんと同じ意見ですね」

「でも……」

館脇は思案顔で言った。「音川君は、信じているよね。彼は本気で『山の老人』が俺を狙っていると言っていた」

「それなんですよ」

萩尾は言った。館脇が聞き返す。

「それ……？」

「館脇さんは、指輪が盗まれた直後、音川さんに電話をして、『山の老人』の話を聞いたんですよね？」

「そうだよ」

「私たちも、最初に『山の老人』のことを聞いたのは、音川さんからなんです」

「それがどうかしたのかね？」

「つまり、二つの事件に『山の老人』が関与しているかもしれないと我々が思ったのは、音川さんのせいだということです」

「いや、そんな……」

館脇は否定しようとして、口をつぐんだ。反論できなかったのだ。

萩尾はさらに言った。

「私と武田で、美術館に音川さんを訪ねて、いろいろと質問したのです。そのときに、彼は『山の老人』や『暗殺教団』に触れ、その伝説について説明してくれました」

秋穂が補足した。

「イスラム教シーア派の分派であるニザール派についての話でした」

「もちろん、その話は知っている」

館脇が言った。「しかし、その話を音川君がしたから何だと言うんだ？」

秋穂が言った。

「ずいぶん熱心に、『山の老人』や『暗殺教団』の話をするなあって思ったんです。そして、感じたんです。私たちをはぐらかそうとしているんじゃないかって……。そういうとき、音川さんって、すごく饒舌になりますよね」

石神が言った。

「産油国や大国の諜報機関との関係を説明したときのように……」

「そう」

秋穂がうなずいたとき、部屋のチャイムが鳴った。

館脇が言った。

「ルームサービスだな。まずは、腹ごしらえだ」

22

「まずは、腹ごしらえ」と言いながら、会議室のテーブルで食事をしながら、話は続いた。

館脇が言った。

「音川君は、犯人が『山の老人』だと、俺に思わせようとした……。三人の話からすると、そういうことになるな」

萩尾は言った。

「あなたにだけではなく、我々にもそう思わせようとしたんじゃないでしょうか」

「でも、ハギさんたちはそれを信じようとしなかった……」

「常にあなたの身近にいる石神さんが、信じていない様子でしたので……」

館脇は石神を見た。

「俺には、そうは思えなかったな」

萩尾は言った。

「冷静に考えれば、おわかりになったはずです」

「なるほどな……。ハギさんがさっき言ったとおり、『山の老人』が音川君の言ったとおりの連中だとしたら、石神君一人で俺を守れるはずがない」

　石神が言った。

「相手が何者であろうが、守るつもりですよ」

「石神君は、音川君の言うことを信じていなかった……」

　館脇が言った。「それを俺に知られまいとしていたように思える。つまり、俺をも信用していなかったということか？」

「信用していなかったわけではありません」

　石神が言う。「ただ……」

「ただ、何だ？」

「警戒はしていました」

「なぜだ？」

「あなたが、音川さんと組んで何かを企《たくら》んでいるのではないかという疑いがあったからです」

「俺が音川君と……？」

　そのとき、秋穂が言った。

「ああ、それ、私も感じていました」

　萩尾は言った。

「何か嘘をついている。あるいは、何かをごまかしている……。私たちは、そう感じていたのです」

館脇が苦い表情になった。

「心外だな。俺は別に何も……」

石神が言った。

「事件が自作自演だという疑いは排除すると、萩尾さんが言いました。たしかに、盗難や部屋荒らしには関わっていないかもしれない。でも、何か我々に隠していることがありますよね」

萩尾は言った。

「私もそれについてうかがいたいと思います」

「別にハギさんたちをだますつもりなんかなかったんだが……」

「だが……?」

「指輪についての説明は、実は正確ではなかった部分がある」

「正確ではなかった……?」

萩尾が聞き返すと、館脇がこたえるより先に、石神が言った。

「あの指輪はソロモン王のものではない。そういうことですね?」

萩尾は、館脇を見つめてこたえを待った。館脇は、しばらく考え込んでいたが、やがて言った。

「うーん。どう言ったらいいか……。あの指輪がソロモン王のものかどうかと聞かれたら、こたえはイエスでもあるしノーでもある」

萩尾は尋ねた。

「イエスでもあるしノーでもある？　それはどういうことでしょう」

「俺、ハギさんたちに、『ソロモンの指輪』の伝説について話したよね？」

「ええ」

「イスラエル王国の三代目の王ソロモンに、大天使ミカエルが与えた指輪で、それによって悪魔を手下にしたり、動物と会話ができたりすると……」

「もちろん覚えています」

「盗まれた指輪はその指輪ではない」

「まあ、そうだろうと思ってはいましたよ。伝説の指輪が日本にあること自体、信じられないことですからね。いや、そんな指輪がこの世に実在することが信じられません」

「そう。イスラエル王国のソロモン王の指輪ではない」

「では、あれは偽物ということになるのですか？」

「いや、トルコ政府の鑑定で本物だということになっている」

「よくわかりません。ソロモン王の指輪ではないのですよね」

「いや、あれはソロモン王の指輪なんだ」

萩尾と秋穂は思わず顔を見合わせていた。

石神が言った。

「なるほど……。そういうことか……」

萩尾は石神を見て言った。

「何だ？　どういうことなんだ？」

石神がこたえようとすると、それを遮って館脇が言った。

「その説明は、音川君にしてもらいたい」

萩尾は尋ねた。

「音川さんに？　なぜです？」

「実は、音川君とそのことについては相談していて……」

「どのような相談です？」

「取りあえず、これは、イスラエル王国のソロモン王の指輪だということにしておこうという相談だ」

「何のために？」

「伝説の指輪だということにしておいたほうが、いろいろとメリットがあると、音川君が言うんでね……。そのときは、俺もそう思ったんだ」

「どんなメリットです？」

「だからさ、今考えるとメリットなんてないんだよ。ただ、音川君が言うように、指輪の本当の由来は言わないほうがいいような気がしている。ただ『ソロモンの指輪』だというだけでいい。まあ、そのせいで、部屋が荒らされたのかもしれないけどね……」

「どういうことです？」

「指輪をちょっと調べればわかることだ。それが紀元前九五〇年頃のものかどうか……。だから、盗んだやつは、指輪が偽物だと思ったのだろう。本物がまだ家に残っているかもしれないと考えて、もう一度盗みに入ったんじゃないのか」

「じゃあ、指輪は紀元前のものではないのですね？」

その問いにこたえたのは、石神だった。

「十五世紀から十六世紀にかけてだろう」

それを聞いた館脇は、笑みを浮かべた。

「そのとおり。やはり石神君はわかっているようだね」

秋穂が言った。

「もったいぶらないで、教えてくださいよ」

館脇が言う。

「別にもったいぶっているわけじゃないさ。音川君と約束をしているんでね。彼をないがしろにしたくないだけだよ」

　秋穂が言う。

「じゃあ、音川さんをここに呼んで、話を聞きましょう」

　館脇は肩をすくめた。

「俺は構わないが……」

　すると、石神が言った。

「音川にも捜査一課の監視がついているかもしれない。彼がここに来たら、俺たちの居場所がばれる恐れがある」

　どうだろうと、萩尾は思った。

　菅井と苅田は二人だけで行動している。会社や自宅を張り込む必要がある。音川まで手が回らないのではないだろうか。

　だが、石神の用心はもっともだった。

　秋穂が石神に言った。

「でも、このままじゃ、館脇さんは話してくれないんですよ」

　石神が言う。

「俺が話してもいい。ただし、それほど正確な知識ではないが……」

　館脇がかぶりを振った。

「いや、音川君がいないところで、その話題に触れたくはないね」

秋穂が言った。

「それじゃ話が進みません」

そのとき、萩尾は言った。

「館脇さんのご自宅に行きましょうか？」

三人が、ほぼ同様の表情で萩尾を見た。驚きの表情だった。

石神が言った。

「館脇さんの警護をする立場上、俺も同行しなければならない」

萩尾はこたえた。

「ええ、そうしていただいたほうがいいと思います」

「捜査一課が自宅を張り込んでいる可能性は高い。俺が逮捕されてもいいと考えているんだな」

萩尾は首を横に振った。

「逮捕されないようにします」

石神が言う。

「口だけだろう」

「逮捕される前に、事件が解決すればいいんです」

館脇が言う。

「俺の家で事件が解決するというのか?」

萩尾はうなずいた。

「ええ、そういうことになると思います」

「わからないな……」

館脇が言う。「俺たちが家に戻るだけで、どうして事件が解決するんだ?」

萩尾は言った。

「もちろん、ただ帰るだけでは解決はしません。必要な人をすべて呼び寄せていただきます」

「必要な人……? 誰だ?」

「まず、言うまでもないですが、音川さん」

「それから?」

「家政婦の横山さん、秘書の雨森さん……」

館脇は目を丸くした。

「その二人は事件には関係ないだろう」

「館脇さんのもっとも身近にいらっしゃるお二人ですからね。いろいろと確認したいこともあります」

「それで七人だな……」

「渋谷署の林崎係長にも話を聞いてもらいたいと思います」

「すると八人……」

「もしかしたら、捜査一課の二人もやってくるかもしれません」

石神が言った。

「その二人を排除するんじゃなかったのか？」

「私には、彼らを排除することなんてできませんよ」

「それでは、話をする前に、俺は逮捕されちまうな」

「それは何とか防ぎたいと思っています」

「その場で真犯人がわかれば、俺は逮捕されないと考えているんだな？」

「まあ、そんなところです」

「真犯人がわかったとしても、身柄を確保できなければ、捜査一課の連中は納得しないだろう。そういうときは、被疑者である俺を捕まえようとするんだ」

「万が一捕まったとしても、すぐに釈放されますよ」

「捕まえる方は、事の重大さがわかっていないんだ。警察に捕まるという事実の社会的な影響力は大きい」

萩尾は力を込めて言った。

「皆さんと話をする前にあなたを逮捕させるわけにはいかないんです。あなたにはその場にいていただかなければならないので……」

石神が意外そうな顔になった。

「俺にその場にいてほしい……？」

「そうです。あなたは、私と同じことを考えているのではないかと思うからです」

石神は何もこたえなかった。代わりに、館脇が言った。

「え……？　何？　石神君も真相に気づいているというわけ？」

「真相かどうかはわかりませんが……」

石神がこたえた。「いろいろ考えますよ。探偵ですからね」

館脇が萩尾に言う。

「となると、総勢十人ということになるな。けっこうな人数だ」

「お宅のリビングルームなら、その人数でも充分な広さがあるでしょう」

「まあ、そうだね。じゃあ、善は急げだ。すぐに音川君と雨森に連絡しよう。集合は何時にする？」

「もうじき三時ですね。午後五時でいかがですか？」

「いいんじゃない」

「では、こちらも渋谷署に連絡します」

それぞれ、携帯電話を取り出して連絡した。

萩尾の電話に出た林崎係長が怪訝そうな声を出した。

「館脇邸に来いって、どういうこと?」

「うまくすれば、事件の真相がわかるかもしれない」

「だとすれば、断れねえな」

「午後五時だ」

「わかった」

電話が切れた。

「音川君は、必ず五時に来ると言った」

館脇が言った。「そして、秘書に電話したら、仕事の伝言が山ほどあった。しばらく、仕事の電話をさせてもらうよ」

萩尾は「どうぞ」と言って、会議室を出た。スイートのリビングルームは居心地がよく、いつまでもそこにいたいと思ったが、そうもいかない。

秋穂が石神の様子をうかがいながら、萩尾にそっと言った。

「犯人がわかったということですか?」

「ああ、まあね……」

「館脇邸に集合する人たちの中に、犯人がいるということですか?」

「うーん。そういうことになるのかなぁ……」

「わかっているなら、身柄確保しちゃったらどうですか？　そうすれば、石神さんの疑いも……」

そこまで言って、秋穂は、はっとした顔になった。「まさか、石神さんが犯人……」

萩尾は苦笑した。

「身柄確保できない理由があるんだよ。だが、事件の真相はもうじきわかる」

「被疑者を一堂に集めて謎解きなんて、マニアックですね」

「いや、そういうことじゃないんだ。必要があってやることなんだ」

「出発は四時半でいいですね？」

萩尾はうなずいて、離れた場所にいる石神を見た。彼はずっと何事か考え込んでいた。

タクシー一台でホテルから館脇邸に向かった。後部座席に、館脇、石神、秋穂が乗った。助手席の萩尾は言った。

「窮屈でしょうが、すぐに着きますんで、我慢してください」

館脇邸に到着してタクシーを下りると、すぐさま菅井と苅田が駆け寄ってきた。

菅井が言った。

「石神達彦だな。脅迫罪と住居侵入罪および器物損壊罪の容疑で逮捕する」

苅田が懐から令状を出して掲げた。

彼らの張り込みは想定内だった。いや、むしろ好都合だったかもしれないと、萩尾は思った。

「その逮捕状を執行するのは、ちょっと待ってくれないか」

菅井が厳しい眼差しを向けてきた。

「ふざけるなよ。あんたも逮捕するぞ。犯人蔵匿罪の現行犯だ。こうしていっしょにいるところを押さえられたんだから、言い逃れはできない」

「これから、彼には大切な証言をしてもらうところなんだ」

「証言なら取調室でしてもらう。あんたにも、だ。俺は本気だぞ」

菅井はかなり腹を立てている様子だった。苅田が令状をしまって、代わりに手錠を取り出した。

萩尾は菅井を睨み返した。

「やめろと言ってるんだ。誤認逮捕で時間を無駄にしたくない」

「何だと……」

「これから、みんなで話をするところだ。それで、事件の真相が明らかになると俺は思っている。あんたは、それをぶち壊そうとしている」

「俺は被疑者を捕まえたいだけだ。あんたと違って犯人を匿ったりしない。ドロ刑は、盗人となあなあだが、捜査一課はそういかないんだよ」

「あんたも話を聞けばいい。それでも納得できないというのなら、逮捕でも何でもすればいい」

「いいからそこをどけよ」

「どくわけにはいかない。俺のクビをかけてもな」

菅井はしばらく萩尾を見据えていた。やがて彼は言った。

「クビどころか、あんたは石神とともに逮捕されるんだよ」

「とにかく話を聞いたほうがいい」

「いいだろう。話とやらを聞こうじゃないか。そしてそれが終わったら、あんたら二人を逮捕する」

萩尾は石神と館脇に言った。

「行きましょう」

三人が歩き出すと、秋穂がそれに従った。そしてそのあとに、菅井と苅田が続いた。

リビングルームにはすでに、音川、横山春江、雨森夕子、そして、林崎係長がいた。

横山春江は、館脇の姿を見ると、不安そうに「旦那様」と言った。

雨森夕子も、四人の刑事の姿を見て驚いた様子だった。

音川が言った。

「おやおや、これから何が始まるんです?」

館脇が言う。

「とにかく、みんな座ってくれ。ソファでもダイニングテーブルの椅子でも好きなところに……」

すでに、音川はソファに座っている。夕子と春江も、ソファに腰を下ろした。館脇と石神もソファに座る。大きな応接セットなので、それでも余裕があった。

萩尾、秋穂、林崎係長の三人はダイニングテーブルから椅子を持ってきて座った。菅井と苅田は出入り口付近で立ったままだった。

萩尾が言った。

「さて、まず音川さんにうかがいたいのですが……」

「何でしょう」

「盗まれた指輪は、本当に『ソロモンの指輪』なのですか?」

音川は穏やかな表情のまま萩尾を見返した。

23

「本物ですよ」

音川がこたえた。それに対して、萩尾は言った。

「そのこたえは、正確とは言えないと、館脇さんがおっしゃっているのですがね……」

音川が館脇を見て言った。

「おや、そんなことを……？」

館脇が言った。

「そのことについて、君と話し合ったと言ったんだ」

「どうして、そんな話をすることになったんです？」

館脇が肩をすくめた。

「ハギさんが、事件の真相に気づいたと言うし、石神君は、指輪の真相に気づいたようだし……」

それを聞いた音川は、「仕方がない」というふうに、肩をすくめた。

萩尾は言った。

「あの指輪はソロモン王のものではないのかと尋ねると、館脇さんはイエスでもあり、ノーでもあるとおこたえになった。その説明は、音川さんにしてもらうべきだと、館脇さんはおっしゃるのです」

館脇が音川に言う。

「君と相談して、あの指輪は伝説の『ソロモンの指輪』だということにしたわけだからね」

音川が言った。

「イエスでもあり、ノーでもある、ですか……。館脇さんがおっしゃるとおりですね。盗まれた指輪は、ソロモン王の指輪でもあり、また、ソロモン王の指輪ではない、ということなんです」

「何だよ、それ……」

渋谷署の林崎係長が言った。「ちゃんとわかるように説明してくれよ」

「焦らないでください」

音川が言った。「これから、説明しますから……。まずは、ソロモン王のことから話さなければなりませんね」

秋穂が言った。

「それなら、みんな知ってるんじゃない？　イスラエル王国の三代目の王様のことでしょう？」

音川がほほえむ。

「そう。それも正解」

「それも？」

「そうです。実は、歴史上有名なソロモン王は三人いるのです」

「え……、どういうこと？」

「まず一人目は、あなたが今言われたイスラエルのソロモン王です。ご存じのとおり、このソロモン王は魔術に通じており、天使ミカエルから与えられた指輪を使って、悪魔を手下にしたり、動物と会話をしたり……。その伝説は広く知られています。二人目は、スライマーン・イブン・クタルムシュ。ルーム・セルジューク朝の始祖で、在位は一〇七七年から一〇八六年です」

萩尾は尋ねた。

「ルーム・セルジューク朝というのは、何ですか？」

「セルジューク朝というのはご存じですね？」

「トルコ帝国ですね」

「かつてはそういう言い方をしましたが、今ではセルジューク朝と言うのが一般的です。現在のイラン、イラク、トルクメニスタンを中心としたイスラム王国です。ルーム・セルジューク朝は、そこから分裂した、アナトリア地方中心の地方政権で、セルジューク朝は一一五七年に滅亡しますが、ルーム・セルジューク朝は一三〇八年まで存続しました」

　さすがに美術館の職員だ。こういった解説は堂に入っていると、萩尾は思った。

　音川の説明が続いた。

「ソロモンをアラビア語で言うとスライマーンになるのです」

　萩尾は聞き返した。

「スライマーンがソロモン？」

「そうです。そして、三人目は、スレイマン一世です。スレイマン大帝として知られていますね。オスマン帝国の第十代の皇帝です。十三回も海外遠征をして、オスマン帝国に最盛期をもたらした王です。ちなみに、スレイマンは、スライマーンのトルコ語での発音です。つまり、ソロモンのことなんです。彼は一四九四年に生まれて、一五六六年に亡くなっています。在位は一五二〇年から一五六六年まで」

　菅井と苅田は、何の話をしているのか理解しかねるようで、かなり苛立った表情だ。

　林崎係長は、戸惑ったような顔でじっと音川を見つめている。

　雨森夕子と横山春江の表情は硬い。秋穂は、必死に何事か考えている様子だ。

　館脇がどこか申し訳なさそうな顔になってきた。石神は、音川の説明を聞いても表情を変えない。おそらく、三人のソロモンという話を、あらかじめ知っていたのだろうと、萩尾は思った。

「ええと……」

秋穂が言った。「ソロモンが三人……。つまり、こういうことですか？　盗まれた指輪は、イスラエル王国のソロモン王のものではなく、他の二人のうちのどちらかのものだと……」

音川がうなずいた。

「スレイマン一世のものでしょうね」

「なるほど……」

萩尾は言った。「それで、館脇さんが、指輪は紀元前のものでないと言ったとき、石神さんは、十五世紀から十六世紀にかけてだろうと、おっしゃったわけですね。つまり、石神さんはそのとき、指輪がスレイマン大帝のものだと気づいたわけだ」

石神が口を開いた。

「スレイマンが、ソロモンのトルコ語読みだということは知っていた。だから、もしやと思った」

「あ、それで……」

秋穂が言った。「トルコ政府が鑑定したわけですね。どうして、ソロモンの指輪をトルコ政府が鑑定するのか、不思議に思っていたんです」

館脇が言った。

「発見されたのが、トルコ領だしね」

秋穂が尋ねる。

「そうなんですか？」

「スレイマン一世が亡くなったのは、ハンガリー遠征の最中でね。その遺体はイスタンブールに運ばれ、イスタンブール市内に本人が建造させたスレイマニア・モスクの墓地に埋葬された。なぜかその指輪を、アマスィヤという町の墓場荒らしのグループが持っていたんだ」

秋穂が言った。

「王様の指輪なら、副葬されるんじゃないですか？」

それにこたえたのは、音川だった。

「墓場荒らしがどういう経緯でそれを手に入れたか、まったくの謎ですがね……。彼らは、本物のトレジャーハンターですから、我々の想像を超えたことをやってのけます。王の墓だって掘るかもしれない」

館脇が言う。

「王の指にはめられていた指輪に、いったい何があったのか……。指輪一つで、壮大なロマンをかき立てられるじゃないか」

萩尾が音川に尋ねた。

「指輪がスレイマン一世のものだと、いつからご存じなのですか?」

音川は肩をすくめた。

「一目見て、イスラエルのソロモン王の指輪じゃないとわかりましたよ。でも、それがいったい何なのかはわかりませんでした。トルコ政府の鑑定の話を、館脇さんから聞きましてね。ああ、なるほどと思いました」

萩尾は館脇に尋ねた。

「どんな鑑定結果だったのですか?」

「指輪がスレイマン一世のものであることを否定できないというものだ」

萩尾は目を丸くした。

「そんなことを断言できるのですか?」

「年代の鑑定や、X線鑑定で表面にどんな模様が彫られていたのか、それから出土の場所や状況をつぶさに調べた結果だ。積極的に、そうだとは言えないが、否定する根拠がないという鑑定結果だった」

音川が言った。

「指輪の表面には、何か丸い形がデザインされていたことが、X線鑑定でわかっています」

秋穂が聞き返した。

「丸い形……?」

「丸と言うより、卵形と言ったほうがいいかもしれない。そこで、僕は考えました。イスラエルのソロモン王の指輪なら、おそらく六芒星の紋章が浮き彫りにされていたんじゃないかと……。でも、あの指輪には何か卵形のものが描かれている。何だろう……。そこで、僕は、はたと思い出しました」

石神が言った。

「もったいぶらないでくれ」

音川が言い返す。

「興味がおありのようですね。お教えしましょう。スレイマン一世のサインです」

「サイン……?」

「そう。正式にはトゥグラと言います。オスマン帝国のスルタンが使用した、アラビア語のサインです。日本の花押《かおう》のようなものですね。スレイマン一世のトゥグラは、直線三本と卵形を組み合わせたものなんです。指輪にそのトゥグラが浮き彫りにされていたと考えると、ドンピシャなんです」

「つまりね……」

館脇が言った。「あの指輪は、イスラエルのソロモン王のものかと問われると、こたえはノーだ。でも、ソロモン王のものかと問われると、こたえはイエスだ。スレイマンとはソロモンのことだからね」

そのとき、雨森が表情を硬くして言った。

「オスマン帝国の皇帝の指輪……。そんなこと、おっしゃいませんでしたよね」

音川がこたえた。

「そうでしたっけ?」

「そう。音川さんは、あれは伝説のソロモン王の指輪ではないと、私に言ったんです」

「でも、それは嘘ではありませんよ。今、館脇さんがおっしゃったように、あの指輪は、イスラエルのソロモン王のものではありません。トルコ政府の時代鑑定でも、およそ十六世紀のものだという結果が出ています」

雨森夕子は、唇を噛《か》んで押し黙った。

そんな雨森に、館脇が言った。

「なんだ、二人でそんな話をしていたのか。俺は常々、あの指輪は本物だと言っていただろう。俺の言うことを信じなかったのか」

雨森夕子がこたえた。

「信じなかったわけではありません。でも、専門家の意見を聞いてみたいと思うのが人情じゃないですか」

「ふん、人情ね……。だが、これで、指輪が本物だということがわかっただろう」

雨森夕子は、再び沈黙した。

そのとき、菅井が言った。

「待て待て。指輪が偽物だの本物だの、そんなことはどうでもいい。俺たちは脅迫と住居侵入、器物損壊について調べているんだ」

それに対して、萩尾は言った。

「どうでもいいということはない。指輪が偽物か本物か……。それがこの出来事の真相に深く関係しているんだ」

菅井が聞き返す。

「この出来事……?」

「そう。指輪がなくなったという、この騒動のことだ」

「盗まれたんだろう? れっきとした窃盗事件だ。それに関連して脅迫と住居侵入、器物損壊が起きたわけだ」

「損壊はありません」

そう言ったのは、横山春江だった。「何度もそう申し上げています」

菅井が言った。

「盗人が部屋の中を引っかき回せば、どこかに傷がついたりするでしょう。それで器物損壊罪は成立するんですよ」

菅井とすれば、少しでも罪状を増やしたいのだろう。

萩尾は言った。

「盗犯が何かを破壊すれば、たしかにその罪を付け加えることはできるな……。だがね、もし、掃除を請け負っている人が誤って何かを壊しても、器物損壊罪に問うことはできないだろう」

菅井はうんざりしたような表情で言った。

「あんた、いったい何を言ってるんだ？　俺は、この家に侵入した犯人の話をしてるんだ」

「俺もそうだよ。誰が部屋を荒らしたのか、明らかにしようとしているんだ」

「だったら、早く済ませてくれ。俺たちは、石神の身柄を本部に運ばなけりゃならないんだ」

「だから、その必要はないんだ」

「その必要があるかないかは、俺たちが決める。そして、取調室でじっくりと調べさせてもらうさ」

「俺の話を聞いたら、おそらくその気がなくなると思うよ」

「だから、早く話せと言ってるんだ」

「まず、いろいろと確認していかなくっちゃ……。俺たちと渋谷署の盗犯係で、現場の状況を詳しく調べた。犯人の侵入路がまったくわからなかった。痕跡を残さない盗人などいない。だから、俺たちは、指輪を盗んだ犯人も、部屋を荒らした犯人も、玄関か裏口のドアから侵入したと考えた。いや、もしかしたら、侵入とは言えないかもしれない」

菅井が眉間にしわを刻んだ。

「侵入とは言えないって、どういうことだ?」

「それはまず、後回しにして……。問題は、窓や玄関ドアをこじ開けた形跡がまったくなかったということだ。これは、侵入者が部屋の鍵を持っていたということを物語っている。さらに、このお屋敷には、トーケイの防犯装置が設置されていて、指輪が盗まれた日も、部屋荒らしがあった日も、防犯装置がセットされていたんだ。それを解除するには、特別なキーが必要だ。だから、侵入者は、防犯装置のキーも持っていたことになる。そうだったよな?」

萩尾は、林崎係長に確認を取った。

「そうだね。たしかに、鍵と防犯装置のキーを持っていないと、今回の犯行は難しかったね。そして、その両方を持っている人は限られている」

「そう。まず、館脇さん。そして、雨森夕子さん、横山春江さん。そして、石神さんが、館脇さんの身辺警護の関係で、鍵と防犯装置のキーを預かることがあったそうだ」

「ほら見ろ」

菅井が言う。「石神が、家の鍵と、防犯装置のキーを預かっているときに、犯行に及んだということだろう」

「でも、石神さんには、動機がないし、防犯カメラにも映っていない」

「防犯カメラ……？」

「そう。館脇さんの家に設置されている防犯カメラには、宅配便の配達員や、証券会社の飛び込みセールス、宗教の勧誘などが映っていた。もちろん、それらの人々もすべて洗った」

菅井が言った。

「防犯カメラに映らない場所から侵入したんじゃないのか？」

萩尾はこたえた。

「侵入路については、渋谷署とさんざん調べたんだ。その結果、玄関か裏口のドアを開けて入ったとしか考えられなかった。そして、俺はおそらく玄関から入ったんだと思う。だから、犯人が防犯カメラに映っていないはずはない」

「怪しいやつは映っていなかったのか？　例えば今この部屋にいる誰かとか……」

「一人だけ映っていた」

「誰だ？」

「家政婦の横山春江さんだ」

「なんだよ」

菅井は、顔をしかめた。「彼女が防犯カメラに映っているのは当たり前じゃないか」

「そう。たしかに当たり前だ。でも、防犯カメラには彼女しか映っていないんだ」

「何が言いたいんだ？」

「つまり、理屈から言うと、指輪を持ち出したのは横山春江さん以外にはあり得ないということだ」

横山春江は注目を浴びて、緊張を露《あら》わにしている。

館脇が言った。

「えー、春江さんが……？　まさか、そんな……」

さすがの館脇も驚いた様子だ。菅井もしばし言葉がない。

林崎係長が言った。

「いや、待てよ、ハギさん。横山さんは俺たちも調べたけど、動機がないということで、捜査の対象から外したじゃないか」

萩尾はうなずいた。

「そう。彼女に指輪を盗む動機はなかった」

「じゃあ、犯人じゃないだろう」

「いや。指輪を陳列棚から持ち出したのは、間違いなく彼女だ。いいかい。五月十九日未明の午前一時には、陳列棚に指輪があったことを、館脇さんが確認している。そうですね？」

萩尾が尋ねると、館脇がうなずいた。

「そうだ。間違いない」

「そして、午前八時にはなくなったことに気づいた」

「それも、間違いない」

「その間、館脇さんの自宅にいたのは、館脇さん本人と横山春江さんだけです」

林崎係長が言う。

「たしか、その日、横山さんは八時五分前くらいに、館脇邸にやってきている……」

「そう。その五分で指輪を持ち出したのです。それも、指輪がどこにあるかを知っている横山さんだからできたことです。他の人物だと、膨大な陳列物の中から指輪を見つけるのも一苦労でしょう。さらに、横山さんなら玄関の鍵だけでなく、陳列棚を開けることもできたはずです」

館脇がうなずいた。

「そう。春江さんならセキュリティー解除の認証番号を知っている。しかし、なぜ……。

春江さんは、父親の代からわが家で働いてくれているんだ。金に困っていたのか？　それなら、言ってくれれば……」

　横山春江が言った。

「そんなんじゃありません」

「動機は？」

林崎係長が言った。「いったい、何のために指輪を盗んだんだ？」

萩尾は言った。

「動機は彼女にあるんじゃありません。別な人に犯行の動機があるんです」

みんなが無言で、萩尾の次の言葉を待っていた。

24

萩尾は、音川に向かって言った。

「あなたは館脇さんに、あの指輪を、イスラエルのソロモン王の伝説の指輪だということにしておいたほうがいいとおっしゃったそうですね」

音川は言った。

「そうだっけな……」

萩尾は、館脇に尋ねた。

「そうだったんですよね?」

「そうだよ。でも、今そんなことはどうでもいいじゃないか。春江さんのことを……」

「すいません。順を追って説明しないと、みんなに納得してもらえないと思いまして……」

館脇は溜め息をついた。

「わかった。ここはハギさんに任せることにする。ああ、たしかに、音川君は俺に、あの指輪をイスラエルのソロモン王の指輪だということにしておこうと言った。周囲にはそう思わせておいたほうがいいと……」

「そして、あなたはそれに同意された……」

「そうだよ。そのほうがメリットがあると言われたからね。そのときは、俺もそんな気がしたんだ」

萩尾は再び音川に尋ねた。

「そうすることで、どんなメリットがあるんですか?」

音川はしばらく考えてから言った。

「ここにいる人たちの反応を見ても、それは明らかでしょう。あの指輪がスレイマン一世のものだと聞いて、感動を表現した人は一人もいません。ある人たちは、ちんぷんかんぷんだという顔でしたし、ある人たちはあきらかに落胆した様子を見せました。そうなんです。スレイマン一世の遺品というのは、歴史的にはとんでもない発見ですよ。でも、イスラエルのソロモン王の伝説にはかなわない。僕はその影響力のことを考えたんです」

「でも……」

萩尾は言った。「館脇さんは、指輪を持っていることを秘密になさっていた。ならば、どんな由来であろうと同じことでしょう」

「秘密にしても、噂は広がるものです」

萩尾は館脇に尋ねた。

「指輪を持っていることを秘密になさっていたのは、『山の老人』を恐れてのことですか?」

「ああ、それは指輪を盗まれた後、音川君から『山の老人』の仕業かもしれない、などと聞いてからのことだ」

「でも、指輪がなくなる以前から、秘密にされていたんですね?」

「そうだよ」

「それはなぜですか?」

「当時、俺が恐れていたのは、世界中にいるオークションマニアだよ。スレイマン一世の指輪を持っているなどと連中が聞きつけたら、たいへんなことになるからな」

「マニアの間では話題になっても、一般にはそれほど話題にはならないのではないですか?」

「そりゃ、イスラエルのソロモン王の指輪ほどには話題にはならないだろうね」

「そこに音川さんの狙いがあったわけですね」

音川が心外そうに言う。

「僕が何を狙っていたと言うのでしょう」

「話題ですよ。人々の関心が集まれば、それを利用することができる」

音川が苦笑を浮かべる。

「どうして、僕がそんなことをしなければならないんですか？　指輪を盗んだのは横山さんなんでしょう？」

「そう。盗みを実行したのは、横山さんでしょう。そして、部屋を荒らしたのも……。でも、その原因はあなたにあるんじゃないですか？」

「僕は何もしていませんよ」

「おい、ちょっと待てよ」

菅井が言った。「部屋を荒らしたのも、横山春江さんだって？」

萩尾は横山春江に尋ねた。

「そうですね？　誰かが何かを探したように、あなたが見せかけたのですね？」

横山春江は何も言わない。

そのとき、秋穂が言った。

「あ、ハギさんは、きれいな現場だと言ってましたね。あのときすでに、そのことに気づいていたんですね」

萩尾はこたえた。

「少なくとも、本気で何かを探したようには見えなかったし、乱暴に引っかき回したようにも見えなかった。そう。家具や部屋の内装を壊したり、引き出しの中身が破損したりしないように気を使っているように感じられたんだ」

館脇が言った。

「話を進めてくれ。音川君が、あの指輪を伝説の『ソロモンの指輪』だと周囲に思わせることで、何を目論《もくろ》んでいたというんだ？」

萩尾はこたえた。

「正確に言うと、周囲の人に、イスラエルのソロモン王の指輪だというだけでなく、それが偽物だと思わせたのです」

「偽物だと思わせた……？」

萩尾は、雨森夕子に尋ねた。

「先ほど、あなたは、音川さんとそういう話をされたとおっしゃいました。それは、指輪がなくなった後のことですか？　それとも前のことですか？」

雨森夕子は、しばらく無言で何事か考えている様子だったが、やがて言った。

「前です」

「それで、あなたは、あの指輪が偽物だと思い込んだわけですね。偽物に、館脇さんが四億円も注ぎ込んだのだと、信じたわけです」

雨森夕子は、まっすぐに萩尾を見返して言った。

「刑事さんがお考えになっているとおりです。私は、館脇のためを思ってやったのです」

「やった……？」

館脇が驚いた顔で尋ねた。「いったい、何をやったと言うんだ？」

雨森夕子は館脇を見て言った。

「春江さんを説得しました」

「何をどう説得したというんだ？」

「指輪を持ち出すように、です。そして、それが盗まれたと見せかけるように……」

「何のためにそんなことを……」

「社長に目を覚ましてほしいと思ったのです。偽物に四億円も注ぎ込むなんて、あんまりだと……。そして、そのお金を回収しようと思いました」

「回収……」

「会社が以前のように回っておらず、社長の資産が減り続けていることを、私は存じております。ですから……」

館脇が言った。

「偽物の指輪を盗んで、どうやって金を回収しようと言うんだ？」

「音川さんが、何とかするとおっしゃっていました」

「音川君が……？」

館脇が視線を向けると、音川が言った。

「まあ、伝手《つて》はいろいろありますから……」

雨森夕子がさらに言った。

「もし、指輪が本物だと知っていたら、音川さんの指示に従うことはなかったでしょう。でも私は、それが偽物の『ソロモンの指輪』だと思い込んでしまったのです」

館脇が言った。

「なんとまあ……。余計なことを……。資産が減っていることなんて、俺は何とも思っていない。好きな出土品などを集めることのほうが重要なんだ」

雨森夕子が言った。

「余計なことと、言われてしまえばそれまでです。でも私は、社長のことが心配だったのです」

「私もです」

それまで黙っていた横山春江が、たまりかねたように言う。「旦那様が誰かに騙《だま》されて、大損をなさったように思っておりました」

館脇が、大きく溜め息をついた。

萩尾は横山春江に尋ねた。

「それで、雨森さんの説得に応じたのですね？」

「雨森さんの気持ちは理解できました。私も同じ気持ちだったのです」

「そして、指輪を持ち出した……」

「はい」

「さらに、部屋を荒らされたように見せかけたのですね？」

「そうです」

「それはなぜです？」

「音川さんに言われたのです。誰かが何かを探したことにすると、館脇さんが怯えて、指輪のことを諦めるかもしれないから、と……」

「つまり……」

萩尾は音川を見て言った。「『山の老人』の仕業だと、館脇さんに信じさせようとしたわけですね」

音川は何も言わず、肩をすくめた。

林崎係長が言った。

「じゃあ、この事件は音川、雨森、横山の三人の共犯ということになるのか？」

菅井と苅田は、面食らった表情だ。どうしていいかわからないのだろう。

萩尾は言った。

「まあ、そういうことになるんですが……」

林崎係長が言う。

「じゃあ、三人を検挙ということだな」

「いやあ、それが……」

萩尾は頭をかいた。「もし、これが事件ならそういうことになるんですが……」

「事件だろう」

「脅迫は成立しませんし、住居侵入罪と器物損壊罪もなし、ということになりますよね」

菅井と苅田がぽかんとした顔になった。彼らは言葉を失っている。

林崎係長が言った。

「それでも、窃盗事件がある」

「本当に盗まれていれば事件なんですが……」

「何だって……」

萩尾は、横山春江に言った。

「指輪は、このリビングルームの中にありますね？　どこにあるか教えてください」

皆の注目を浴びて、戸惑った様子だった横山春江は、やがて意を決したように立ち上がった。

彼女は、侵入事件に見せかけたときに、床に投げ出されて中身が散乱していたサイドボードの引き出しに近づいた。

その一つを引くと、中からハンカチで包まれたものを取り出した。萩尾のもとに持って来る。それを手に取った。

皆が近寄ってきて、萩尾の手元を見つめた。ハンカチを開くと、中から鉄と真鍮でできた古い指輪が現れた。

「間違いない」

館脇が言った。「スレイマン一世の指輪だ」

林崎係長が言った。

「ええと……。これは、どういうことなのかな……」

「つまりだな」

萩尾は言った。「春江さんは、陳列棚から指輪を持ち出したものの、それをこの屋敷から外に出してはいないということだ」

「何だって……?」

「おそらく、盗難を偽装したはいいが、指輪を音川さんに渡すことは躊躇されていたのだろう。その点は、音川さんの思惑通りにはいかなかったということだね」

音川は、余裕の笑みを浮かべている。

萩尾はさらに言った。

「部屋荒らしの件で、警察が部屋を調べた。だから、もうあの引き出しは安全だろうと考えて、そこに隠したのでしょう」

「あ……」

秋穂が声を上げた。「だから、あのとき……。もう一度部屋を見せてほしいと、ここをお訪ねしたとき、横山さんの様子が変だったのですね」

萩尾はうなずいた。

「それで、すべてのからくりが見えてきたんだ」

林崎係長は、あきれたような顔で言った。

「指輪がこの屋敷から外に出ていない？　引き出しの中にあったということは、窃盗は成立しないということか……」

それに対して、菅井が言った。

「持ち主の意図に反して、陳列棚から持ち出したんだろう。その段階で、窃盗は成立するはずだ」

「あんた、持ち物を家の中のどこかに、奥さんが移動させたら窃盗だと言うのか？」

萩尾が言うと、菅井は不愉快そうに言った。

「それとこれとは別だろう」

「同じことだよ」

「雨森と横山の二人を動かして窃盗を計画した音川は、未遂の教唆《きようさ》犯だろう」

萩尾は失笑した。

「窃盗未遂の教唆犯を捕まえていたら、留置場も拘置所もパンクしちまうよ。俺たちはあんたみたいに、何でも犯人にしようとは思わない」

「ふん。だから、ドロ刑はナアナアだと言うんだ」

「別にそう言われたってかまわんよ。それが三課だ」

「じゃあ何か。あんたは、事件でもないことに、俺たちを巻き込んだというわけか?」

「侵入罪の疑いがあったので報告した。それだけのことだ。あんたたちが勝手に突っ走ったんだよ」

「ふざけるな」

「別にふざけちゃいないよ」

菅井はしばらく忌々《いまいま》しげに萩尾を睨みつけていたが、やがて苅田に言った。

「おい、引きあげるぞ。こんなところで油を売っている暇はない」

二人がばたばたと出ていくと、音川が言った。

「まあ、おとがめなしということですので、僕も失礼しますよ」

林崎係長が言った。

「未遂だとしても、これだけの騒ぎを起こしたんだ。まったくおとがめがないというわけにはいかない。改めて、連絡する」

「了解です」

音川が出ていこうとすると、館脇が言った。

「話があるんで、俺からも連絡するよ」

音川は無言でうなずき、部屋を出ていった。

すると、石神が言った。

「どうやら俺もお役御免のようですね」

館脇が言う。

「君は俺が思った以上の探偵だった」

「そいつはどうも……」

「これからも話し相手になってくれ」

「ご用があれば、いつでも声をかけてください」

そして、石神も出ていった。

林崎が、雨森夕子と横山春江に言った。

「あんたがた二人にも、音川同様にお灸《きゅう》をすえる必要がある。なあ、ハギさん」

萩尾はこたえた。

「それは任せるよ。俺たちもそろそろ引きあげる」

「なんだよ、そういうのだけ、俺に押しつけるなよ」

「係長のあんたの役目だよ。じゃあな」

「あ、待ってくれ。俺もいっしょに出る」

館脇が萩尾に言った。

「なんだ、ハギさん。帰っちゃうの？」

「三人で話し合いたいこともおありでしょう」

館脇が言った。

「俺、苦手なんだよなあ、そういうの……」

「雨森さんと横山さんのほうで、話したいことがおありになると思いますよ。では……」

三人の刑事は、館脇邸をあとにした。

翌日、萩尾と秋穂が、一連の出来事の顚末《てんまつ》を報告すると、猪野係長が言った。

「まあ、そういうこともあるさ」

「危うく騙されるところでしたがね」

「ハギさんに限って、そんなことはないだろう。ともあれ、四億円もの窃盗事件じゃなくてよかった」

「はい」

席に戻ると、秋穂が言った。

「また音川はおとがめなしですか……」

「何も盗んでいないし、何かを詐取したわけでもない。罪には問えないだろう」

「なんだか、悔しいです」

「悪だくみを続けていれば、そのうち尻尾を出すさ」

秋穂は忌々しげに、ふんと鼻から息を吐いた。

それから、一週間後のことだ。その音川からの封書が職場に届いた。開けてみると、美術館での展覧会を知らせるチラシだった。

萩尾はその内容に驚いて、隣席の秋穂に言った。

「おい、これ……」

そのチラシを見ると、秋穂は声を上げた。

「『館脇友久コレクション』。何です、これ……」

「音川さんの企画だろう」

「メインが、『ソロモンの指輪』ですって……」

「『スレイマンの指輪』と言わないところが音川さんらしいな」

「懲りないんですね、あいつ……」

「これから行ってみるか」

「はい」

世田谷の美術館を訪ねると、いつもは閑散としているのに、大勢の見学客の姿があった。

音川の姿を見つけて近づくと、彼は笑顔で言った。

「やあ、萩尾さんに武田さん。ようこそお越しくださいました」

秋穂が言った。

「『ソロモンの指輪』ですって?」

「ご心配なく。ちゃんと、歴史上有名なソロモン王は三人いて、スレイマン一世の指輪だと表示してあります」

「こんな展示ができたということは……」

萩尾は言った。「館脇さんとの親交が続いているということなんですね?」

「ああ、あちらにいらっしゃいますよ。ご案内します」

美術館の奥に進むと、椅子に腰かけている館脇の姿があった。

「ハギさんじゃない。武田さんも……。来てくれたんだ」

「音川さんとの関係を保たれているようですね」

館脇は音川を見て、笑顔で言った。

「この人はなかなか面白い人だからね。付き合っていると、何か儲《もう》け話があるかもしれないし……」

さすがに、転んでもただでは起きないなと、思いながら、萩尾は言った。

「その後、雨森さんや横山さんは……？」

「クビにしたとでも思っているのかね？」

「どうなんです？」

「俺はそんなに小さい男じゃないよ。あそこを見なよ」

彼が指さすほうを見ると、雨森夕子と横山春江の姿があった。二人は、来客に茶を振る舞っている。

館脇が言った。

「二人がやったことは、俺を思ってのことだ。雨森も春江さんも、変わらずに働いてもらっている」

「さすがです。では、あらためて指輪を拝見します」

萩尾はそう言うと、音川を睨んでいる秋穂を引っ張って、展示されている『スレイマン一世の指輪』のほうに足を向けた。

はるかな歴史が刻まれている小さな指輪は何も語らない。それがロマンというものかもしれないと、萩尾は思った。

解説

関口苑生（文芸評論家）

本書『黙示』は、『確証』『真贋』に続く警視庁刑事部捜査三課に所属している萩尾秀一警部補シリーズの第三作である。

警視庁刑事部というと、やはり捜査一課が花形で、小説やドラマの主役になることも多い部署だろう。しかし現実に一番忙しいのは窃盗や盗犯を担当する捜査三課で、これらの事件は全刑法犯罪のうちおよそ四分の三を占めているという。その犯行形態は非常に幅広く、マンションや住宅を狙った空き巣事件、事務所への侵入、ひったくり、置き引き、スリ、贋札詐欺など手口も多種多様なため、捜査員には犯罪に関するさまざまな知識と経験が求められる。

萩尾が所属している捜査三課第五係は、第三盗犯捜査と呼ばれる広域窃盗犯の捜査が主で、そのうちの第二、第三、第四方面（品川区、大田区、世田谷区、目黒区、渋谷区、新宿区、中野区、杉並区）をカバー、担当している。三課の場合、ほかの部署と決定的に違うのは、初犯を除き最初から犯人の見当がついているケースが多いのだそうだ。三課のスペシャリストは、空き巣の被害現場に臨場して、その手口を見ただけで「これは○○の手口だな」と言い当てるというのだ。たとえば侵入の経路と方法、部屋の荒らし方、窓ガラスの割り方、ドライバー使用の有無と痕跡など、どこかに必ずクセが出るのだという。つまりそれだけ常習犯、盗人のプロを相手にするわけだ。窃盗の常習犯は、それぞれにこだわりがあり、一種の職人とも言える。日常的に彼らを相手している捜査員たちも、だんだんと職人のようになってきて不思議はない。

ところが、被疑者もまた常習であるだけに警察の手の内も知りつくしており、容易には証拠を残さない。張り込みなどをする場合にしても、すぐにあれは警察官だと見破られてしまい、逃げられることもしばしばあるという。そこで必要な場合は女性刑事や警察官が同行し、カップルで張り込みを行うこともある。そういった理由からか、刑事部で初めて女性が配属された部署が捜査三課だったという（古谷謙一監修『そこが知りたい！日本の警察組織のしくみ』より）。

課での勤続年数が二十年以上になるという萩尾は、所轄の生活安全課から異動になった女性刑事、武田秋穂巡査部長とコンビを組んでいる。けれど武田はもともと花形の捜査一課を志望しており、最初は息が合わないと思われた。しかしこれは萩尾の誤解から生じた勘違いであったことが、次第にわかってくる。彼女と組んだ当初、萩尾はひどく戸惑ったのだ。これまで女性と組んだこともなかったし、萩尾は先輩刑事から盗犯係の捜査について厳しく仕込まれたものだった。それはまさに職人と弟子の関係に似ていた。当然、自分が組む相手ともそういう関係になるものと思っていたのだった。後輩、あるいは部下には一人前の盗犯担当になってほしい、だから厳しく育てなければならないと。だが、相手が女性とわかってからは、途端にどうしていいかわからなくなったのだ。と同時に苛立ちも感じてきたのだった。

しかし時間が経つに連れて、戸惑いは消えていく。そこらあたりの葛藤や感情の変化が本シリーズの読みどころのひとつでもある。

またもうひとつ、この三課と、秋穂が憧れていたエリート集団とされる捜査一課との確執も描かれる。たとえば、窃盗事件の犯人と目された人物が、別の強盗事件にも加わっていたとすると、一課の刑事は自分たちの事案だと主張してくることがあるのだ。単純に金品を盗むだけなら三課のテリトリーだが、暴行や脅迫が伴えば強盗となって、一課の領域となるのである。犯行の手口にもとづいて三課のベテランが犯人に目星をつけても、強盗となれば様相が異なって一課の担当になってしまうのだ。本書に描かれる事件が、まさしくそうなってしまいそうな案件だった。

事件は都内で有数の高級住宅街・松濤の戸建て住宅での窃盗から始まる。被害者はIT長者の館脇友久、年齢六十歳。盗まれたのは書斎の陳列棚に置いてあった骨董品だということだが、主人は国宝級の品だと言うばかりで、どんな品であるかを話そうとしないのだった。その理由は、恐ろしいからと言う。警察はマスコミに発表し、自分がそれを持っていることが世の中に知られてしまい、そうすると命を狙われるおそれがあるからだと。

やがてようやく聞き出したのは、盗まれた品は「指輪」だということだけだった。そこへふたりの男性が現れる。これが何と、あの石神達彦と明智大五郎だったから驚いた。ふたりは『神々の遺品』（二〇〇〇年）と『海に消えた神々』（二〇〇二年）に登場する私立探偵と助手である。石神は元刑事で、事件を扱う最前線にいたことがあり、所轄をふたつ経験して部長刑事まで勤めた人物だ。ところが、あることがあって警察という組織が嫌になり、愛想もつきはて、結局辞めたのだった。その後、探偵学校に通い事務所を開いたが、ひょんなことからおよそ場違いな、オーパーツと呼ばれる摩訶不思議な太古文明の足跡や、沖縄の海底遺跡など古代文明の謎と接する羽目になり、今では古代文明に精通する探偵として知られるようになっていた。そうした事情を知る館脇が、警察に通報する前に事件の捜査と警護を石神に依頼したというわけである。もちろん萩尾はそんな経緯を知るはずもない。

ともあれ、被害者が身の危険を感じると訴えているので、一応、筋を通す意味で捜査一課にも今回の事件を伝えたのだったが、これが先に記したような厄介事に繋がっていくのであった……。

また指輪の正体が、四億円かけて入手した「ソロモンの指輪」と称される、神から与えられたとの伝説を持つ品だと判明してから、前作『真贋』に登場した怪しげな人物、美術館のキュレーターで贋作師でもある音川理一も本書に登場してくるのだった。彼は、指輪の盗難には「山の老人」という暗殺教団が関わっていると、またしても怪しげな意見を述べるのだった。

いやまあ、何とも豪華なコラボレーションである。しかも事件の展開と内容が警察小説でありながらも、伝奇的な要素も併せ持つ、きわめて異色なものとなっている。

しかし、本書の最大の特徴は、それらの要素を背景に置いた推理ディスカッション小説として展開し、成り立っていることであろう。鉄と真鍮で出来た指輪のどこを指して本物、偽物とするのか。真贋とは一体何なのか。捜査一課と三課の仕事の範疇、縄張りはどこからどこまでか、いやそもそもそんなものがあるのかどうか、この事件の犯人の目的はどこにあるのか。それらを巡って登場人物たちは、はてしなく語り合っていく。

最終盤になって、関係者全員を集めて限りなく存在する事件の謎を解き明かす、本格ミステリの本道にして異色作である警察小説。それが本書なのだ。

こんな作品は、今野敏しか書けない唯一絶対のものである。

二〇二三年六月

本作品は二〇二〇年六月、小社より刊行されました。
作中に登場する人物、団体名は全て架空のものです。

双葉文庫

こ-10-06

黙示《もくじ》

2023年7月15日　第1刷発行

【著者】
今野敏《こんのびん》

【発行者】
箕浦克史
【発行所】
株式会社双葉社
〒162-8540 東京都新宿区東五軒町3番28号
［電話］03-5261-4818(営業部)　03-5261-4831(編集部)
www.futabasha.co.jp（双葉社の書籍・コミックが買えます）
【印刷所】
大日本印刷株式会社
【製本所】
大日本印刷株式会社
【カバー印刷】
株式会社久栄社
【DTP】
株式会社ビーワークス

【フォーマット・デザイン】
日下潤一

ISBN978-4-575-52675-2 C0193
Printed in Japan